Paul Valéry

Poiética [Cadernos]

Edição aumentada, tradução e estudo por
Roberto Zular
Fábio Roberto Lucas

ILUMINURAS

Título original
Cahiers [Poïétique].

Copyright © 2022
Roberto Zular e Fábio Roberto Lucas

Copyright © desta edição
Editora Iluminuras Ltda.

Capa e projeto gráfico
Eder Cardoso / Iluminuras
sobre *Essai de couleur*, de Gustave Moreau [fragmento modificado digitalmente].
Aquarela, guache e grafite sobre papel pergaminho [28,7 × 23 cm], Paris, Museu Gustave Moreau.

Revisão
André Barbugiani Goldfeder
Monika Vibeskaia

CIP-BRASIL. CATALOGAÇÃO NA PUBLICAÇÃO
SINDICATO NACIONAL DOS EDITORES DE LIVROS, RJ
V257f

    Valéry, Paul, 1871-1945
        Poiética : [cadernos] / Paul Valéry ; edição aumentada, tradução e estudo por Roberto Zular, Fábio Roberto Lucas. - 1. ed. - São Paulo : Iluminuras, 2022.
        228 p.

    Apêndice
    Inclui bibliografia
    ISBN 978-6-555-19169-1

    1. Valéry, Paul, 1871-1945 - Visão política e social. 2. Valéry, Paul, 1871-1945 - Crítica e interpretação. 3. Criação (Literária, artística, etc.). 4. Poesia francesa - História e crítica. I. Zular, Roberto. II. Lucas, Fábio Roberto. III. Título.

22-79937   CDD: 841.009
                            CDU: 82-1.09(44)

Meri Gleice Rodrigues de Souza - Bibliotecária - CRB-7/6439

ILUMI/URAS
desde 1987

EDITORA ILUMINURAS LTDA.
Rua Salvador Corrêa, 119, Aclimação
004109-070 - São Paulo - SP - Brasil
Telefone: 55 11 3031-6161
iluminuras@iluminuras.com.br
www.iluminuras.com.br

Sumário

Referências, 11

Sobre a edição, 13

"Feito para fazer", 15
Roberto Zular
Fábio Roberto Lucas

Poiética [Cadernos], 31

As mil e uma manhãs de Valéry, 185
Roberto Zular
Fábio Roberto Lucas

Para Philippe Willemart e Álvaro Faleiros,
pelos feitiços que ligam
o pensar e o fazer, a tradução e a poiética

REFERÊNCIAS

Abreviaturas de publicações e manuscritos de Paul Valéry referidos neste volume:

» **OEI** e **OEII** se referem aos dois volumes das *Œuvres* de Valéry estabelecidos e anotados por Jean Hytier para a coleção Pléiade (Gallimard, 1957).

» **I** a **XXIX** (algarismos romanos) se referem aos volumes da edição integral fac-símile dos *Cahiers* de Valéry publicados pelo CNRS entre 1957 e 1961.

» **CHI** e **CHII** se referem aos dois tomos dos *Cahiers* de Valéry estabelecidos, anotados e apresentados por Judith Robinson--Valéry para a coleção Pléiade (Gallimard, 1974).

» **19205** a **19464** são códigos NAF (novas aquisições) da base de arquivos e manuscritos da Bibliothèque Nationale de France (BnF). Cada um dos códigos NAF citados abaixo se refere a um dos cadernos originais de Valéry, acessados pelo portal gallica.fr.

SOBRE A EDIÇÃO

Nesta edição aumentada da *Poiética*, as passagens dos cadernos que acrescentamos à edição Pléiade estão identificadas com seu código de classificação no acervo da *Biblioteca Nacional da França*, do seguinte modo:

Para as passagens publicadas na rubrica *Poïétique* da edição Pléiade:
» Ano. *Nome do caderno original*, volume e página da edição CNRS.
Exemplo: (1903. *Júpiter*, III, 67)

Para as passagens extraídas dos cadernos originais consultados via gallica.fr:
» Ano. *Nome do caderno original* (quando houver), *código e número da folha do dossiê da BnF*.
Exemplo: (1916, *C*, *19286, 10*).

Para as passagens parcialmente publicadas na edição Pléiade e completadas com o texto do caderno original consultado via gallica.fr:
» Ano. *Nome do caderno original*, volume e página da edição CNRS, *código e número da folha do dossiê da BnF*.
Exemplo: (1901-1902. II, 384, *19328, 28*).

Prefácio

"Feito para fazer"

Roberto Zular
Fábio Roberto Lucas

"Fazer o que seja é inútil.
Não fazer nada é inútil.
Mas entre fazer e não fazer
mais vale o inútil do fazer.
Mas não, fazer para esquecer
que é inútil: nunca o esquecer.
Mas fazer o inútil sabendo
que ele é inútil, e bem sabendo
que ele é inútil e que seu sentido
não será sequer pressentido,
fazer: porque ele é mais difícil
do que não fazer, e dificil-
mente se poderá dizer
com mais desdém, ou então dizer
mais direto ao leitor Ninguém
que o feito o foi para ninguém".

Com todo o jogo conceitual e a ironia que o caracterizam, esse famoso poema de João Cabral de Melo Neto — "O artista inconfessável" — nos coloca no cerne da questão poiética que se desdobra da experiência da poesia e da escrita dos cadernos de Paul Valéry: a arte, como a escrita, é uma prática, um fazer.

O pequeno "i" que se coloca no interior da poética tem assim por missão chamar a atenção para sua raiz grega de "poïein": aquilo que se faz, que se realiza, que produz atos no mundo. Embora simples de enunciar, as consequências dessa afirmação são quase infinitas. Por exemplo, não é possível pensar esse fazer sem levar em conta a ética que o sustenta (isto é, as condições internas para sua efetivação, como, por exemplo, a distância que separa o fazer do dizer no poema de Cabral), bem como seu caráter intrinsecamente político, pois aciona todo um conjunto de forças do mundo no qual ele atua (ainda que pareça inútil ou até mesmo por conta de sua singular inutilidade cabralina).

Poética, ética e política são dimensões fundamentais dessa tomada da arte como ato no qual a experiência de fazer é tão importante quanto a coisa feita. E, mais, ao trazermos a poiética como uma parte fundamental de seus cadernos, lembramos o quanto Valéry era, antes de tudo, poeta. Um poeta que levou tão a fundo o seu fazer que tocou em todas as dimensões corporais, afetivas, psíquicas, técnicas, construtivas, oníricas, lógicas, matemáticas, visuais, científicas, históricas, econômicas, etc. etc. Todo ato envolve uma multiplicidade quase infinita de condições, assim como todos nós somos uma miríade de outros.

Como diz Valéry em "Poesia e pensamento abstrato": "Acrescentarei mesmo, sobre esse ponto, esta opinião paradoxal: que se o lógico nunca pudesse ser algo além de lógico, ele não seria e não poderia ser um lógico; e que se o outro nunca fosse algo além de poeta, sem a menor esperança de abstrair e de raciocinar, ele não deixaria atrás de si qualquer traço poético. Penso sinceramente que se todos os homens não pudessem viver uma quantidade de outras vidas além da sua, eles não poderiam viver a sua".

Essa instigante constatação tem muito a ver com a experiência dos cadernos, pois mostra o quanto essa multiplicidade atravessa a possibilidade mesma de se escrever e a invenção de novas formas de vida. Afinal, por que alguém dedicaria as horas mais preciosas de sua existência à realização de um conjunto de anotações que não visavam qualquer publicação imediata? Ainda mais nestes nossos tempos solapados pelas mídias sociais, como imaginar que alguém se dedicasse a escrever como que dando para si mesmo o tempo infinitamente necessário para o amadurecimento de suas ideias?

Sim, há aqui um concepção profunda de que qualquer de nossos atos e a escrita em particular, se levados ao limite, são exercícios espirituais fundamentais para a invenção de nós mesmos, para a criação de formas de pensamento, para a expansão do imaginário, enfim, para a transformação das nossas capacidades.

E se falamos em exercícios espirituais é porque essa experiência de escrita de Valéry, que posteriormente ficou conhecida pelo seu suporte, nasceu de uma profunda crise psicológica e poética tendo como sustentação imaginária os cadernos de Leonardo da Vinci e as práticas místicas de São João da Cruz.

Escrever é uma forma de meditação. Um modo de criar resistência à entropia, à tendência ao caos. Uma possibilidade de sobrepor tempos em uma superfície espacial. Um modo de transformar o pensamento em gesto. Um jeito de colocar a voz no espelho pela sua inscrição. A possibilidade de olhar o movimento do mundo como rastro de infinitas formas de escrita.

Como se vê por aí, pensar poieticamente é não separar pensar e fazer, é habitar as ressonâncias entre matéria e pensamento, ciência e poesia, espírito e técnica, imagem e conceito, o contínuo e o discreto, o literal e o metafórico.

Por isso o leitor não deve se espantar que nessas páginas uma fórmula matemática se transforme em uma imagem poética, um espaço topológico em uma visão mítica de uma cobra comendo a si mesma, como também que um desenho abstrato se torne uma paisagem que se revela a base de um poema em prosa. Os números, as letras, as imagens, os códigos buscam aqui a sua secreta intersecção.

Por isso, se partimos da seção Poiética tal como ela foi apresentada na coleção Pléiade da Gallimard — a partir de uma tentativa de organização feita pelo próprio Valéry — o que fizemos foi expandir o campo de cada passagem dos cadernos, fazendo-a dialogar com outras passagens contíguas ou que revelassem preocupações semelhantes em outros campos de conhecimento. Isto é, procuramos ampliar o campo temático para dar ao leitor uma noção melhor do contexto de preocupações onde aquela passagem sobre a poiética se insere.

Da mesma forma, se o núcleo é a questão da escrita e da poesia, procuramos mostrar como isso se desdobra na relação com as equações e desenhos que circundam o texto, vislumbrando uma relação ainda mais ampla entre o cálculo e o imaginário, o gesto conceitual e o ritmo poético, a música e as artes visuais, as práticas artísticas e as científicas.

Não deixa de ser curioso que a relação mais forte com as ciências, e também com a psicologia e a filosofia, tenha ficado no âmbito privado da escrita de Valéry, como um cerrado feudo de conduta. É como se Valéry soubesse que o grande problema da modernidade fosse conseguir traçar relações entre as suas esferas de especialização (poesia, psicologia, matemática, filosofia...), mas ao mesmo tempo também soubesse que alguém como Leonardo da Vinci não era mais possível pela amplitude quase infinita alcançada por cada um desses saberes.

Essa questão tem a ver com o próprio começo da escrita dos cadernos em 1894, no final do século XIX, quando havia ainda a tentação de construir um sistema que desse conta de todas essas esferas. Mas mesmo quando abandonada essa possibilidade de sistematização, o fato é que Valéry continua por aproximadamente vinte anos se dedicando quase que exclusivamente aos cadernos e recusando qualquer publicação. Ocorre que, para espanto do próprio Valéry, subitamente, no pós-primeira grande guerra, o autor de *A Jovem Parca* se torna um poeta, conferencista e ensaísta mundialmente famoso, o que o leva a uma cisão incontornável: o exercício de mostrar-se ao outro, com toda a incompreensão e as limitações que a fama acarreta, por um lado; e, por outro, a deriva infinita de sua escrita privada.

Assim, com fases de maior ou menor permeabilidade com os escritos públicos — inclusive com a edição de algumas partes muito selecionadas dos próprios cadernos como em *Mélange* (*Mistura*) —, fato é que Valéry nunca abandonou a sua prática cotidiana de acordar antes do sol nascer e acompanhar o despontar do dia entre cigarros e inscrições, a fumaça e os raios de sol, a sombra e a claridade, restos de sonhos e raciocínios, o torpor e a lucidez.

Além disso, ao longo de mais de cinquenta anos, as vinte e sete mil páginas dos cadernos foram tecidas com os fios da história europeia, especialmente das duas grandes guerras que as atravessam. Elas são nesse sentido um libelo contra a barbárie, contra a guerra fratricida, buscando, às vezes desesperadamente, outras formas de racionalidade. Como disse Adorno em ensaio sobre o poeta francês: "é preciso mais razão, e não menos, para curar as feridas que a ferramenta razão, em um todo irracional, infringiu à humanidade".

Trata-se de uma razão que não se opõe ao sensível, de um pensamento que escuta, de uma saber que faz, de uma historicidade pensada na sua longa duração que não se confunde com a mera repetição e não se apega à imediaticidade dos fatos.

Como enfatizou Drummond na epígrafe de *Claro enigma*, "les événements m'ennuient", isto é, "os fatos me entediam". No entanto, é importante notar que a frase de Valéry continua para afirmar que os fatos são a espuma das coisas quando o que interessa é o mar. Isto é, interessam os movimentos profundos que produzem os fatos, as forças sob as formas. No fundo, os cadernos são a tentativa de capturar o movimento dessa historicidade no interior da própria escrita, tornando-a infinita.

É como se a escrita fosse uma espécie de concha de caracol, um exoesqueleto, uma teia, isto é, uma extensão de nós mesmos que tramamos para performar e elaborar nossa relação com o mundo.

Esse aspecto corporal é fundamental, pois, se pensar, falar, escrever, são atos, eles implicam necessariamente o corpo. E é importante notar que não se trata apenas de um corpo físico, mas do corpo que se configura no limiar com o espírito e o mundo. Um corpo é um modo de relacionar uma dimensão não material com os contextos que ele habita. No final, é a relação entre os corpos (tomados em sentido amplo) que está em jogo.

O corpo é composto por muitas relações e muitos corpos que se transformam reciprocamente. Tentemos explicar isso pelo ritmo. O ritmo é aparentemente um fenômeno auditivo, no entanto, ele aciona movimentos como se implicasse uma dança, pois vibramos com os sons e acionamos respostas motoras. Essas respostas estão ligadas a ritmos cíclicos como a respiração, a digestão, as secreções, o andar. Mas se trata também de um fenômeno energético que faz circular os fluxos entre os diferentes sistemas desde o âmbito celular, passando pela sensibilidade, a percepção, a memória... São camadas e camadas de sistemas que vão se sobrepondo, em fases e defasagens, amalgamados pelos afetos que transformam, por exemplo, um padrão de demanda e resposta em uma expectativa, uma espera.

A grande dificuldade é que costumamos achar que cada uma dessas características define por si só o ritmo, quando ele na verdade é um atravessamento heterogêneo de todas elas, às vezes juntas, às vezes separadas, às vezes com a predominância de algumas delas, às vezes em conflito, às vezes buscando formas de articulação inesperadas (aliás, como diz Valéry, só se pode encontrar algo inesperado se se estiver esperando algo... uma espera múltipla, que tem forte relação com a própria criação de expectativa pelo entrelaçamento desses diferentes ciclos rítmicos).

Além dessas camadas de experiências corporais e sensíveis, afetivas e formais às quais nos referimos, Valéry vai ainda mais longe, trabalhando com variações infinitas e laços cada vez mais sutis. É por isso que "a profundidade está na pele", nessa camada semipermeável ao mesmo tempo interior e exterior que articula um dentro e um fora.

Nesse cruzamento de experiências sensíveis, quando ouvimos estamos dentro da cena que se articula com vários modos de ver, os quais, por sua vez, acionam uma memória tátil, textural, quando não é um cheiro que cria acoplagens entre todas as outras. Isso para não esquecermos do aspecto fundamental da devoração, pois somos feitos dessa internalização dos outros que se dá junto com a externalização de nós mesmos: "nada mais original, nada mais *próprio* do que se nutrir dos outros — Mas é preciso digeri-los. O leão é feito de carneiro assimilado".

Se há uma complexidade inerente a essa poiética dos cadernos é porque a nossa própria experiência não é unívoca, homogênea, redutível a um único plano, mas porque essa alteridade é constitutiva, e somos também estranhos a nós mesmos: quando falamos e nos ouvimos, já somos ao menos dois; quando escrevemos, misturamos o falar e o ouvir ao gesto da mão que inscreve ou digita sob o olhar que acompanha esse gesto. Além disso, acionamos um sistema motor, um conjunto de expectativas pessoais e sociais, afetos, histórias, olhares alheios, julgamentos... Sim, ao escrever nos tornamos múltiplos, heterogêneos e vemos que o próprio mundo é atravessado por muitos mundos.

Uma consequência inesperada dessa percepção valeriana é que a linguagem, vista por esse campo de sobredeterminações entre diversas experiências e sistemas, nada mais é que a própria articulação entre essas experiências e sistemas. Isto é, como consta na base do simbolismo, a palavra é uma sugestão, um espaço intervalar, um limiar sutil que correlaciona essas experiências tão diferentes entre si, como a "hesitação prolongada entre o som e o sentido".

Isso porque o equívoco, a multiplicidade de significados, é o modo básico de funcionamento da linguagem, e não uma exceção ou desvio. A linguagem opera sempre entre os muitos mundos que a atravessam. O que a poesia faz é adensar esses mundos criando uma linguagem dentro da linguagem.

E agora chegamos na especificidade do viés clássico — sem classicismo — de Valéry: a necessidade de se pensar o modo de relação entre todas essas camadas passa a ser a questão. Isto é, a possibilidade de construção, de elaboração, de pensar sobre essa experiência é fundamental porque o equívoco, a entropia, o caos, a violência, a multiplicidade, a heterogeneidade são constitutivas da vida. Quando se aceita isso, o grande problema é como articular, relacionar, elaborar, habitar esses mundos tão díspares.

Como se verá ao longo de toda a poiética a questão da *recusa* das soluções fáceis, da recusa das fantasias idiossincráticas e do barateamento da experiência é um aspecto decisivo desse gesto clássico que busca coadunar as profundas tensões e pulsões com o rigor imaginativo e o furor pela palavra justa.

Palavra justa que, agora sabemos, não diz respeito tão somente a uma busca de lucidez e clareza, mas a se chegar em um modo de tecer o plano poético de tal forma que todos os outros entrem em ressonância. Palavra que é justa não porque identifica as coisas num campo já medido e quantificado, mas porque capta as relações qualitativas entre as coisas, relações cujos fios "formam os versos e as orquestras", como dizia Mallarmé.

O conhecido formalismo de Valéry se torna assim mais matizado, pois a ele se junta toda uma camada sensível, sonora, corporal. Como diz o valeriano Octavio Paz: "a forma que se ajusta ao movimento/ não é prisão mas pele do pensamento". A enunciação de um poema ao ser atravessada pela voz faz com que a vida das formas se transforme em formas de vida.

Esse é o lugar paratópico — esse estar em mais de um lugar da experiência poética — que permite "tomar posição em um ponto de onde se vê à direita toda a linguagem, à esquerda todas as coisas". E mais, quando escrevemos fazemos coisas com a linguagem, como também fazemos linguagem com as coisas.

Voltamos assim à questão crucial: o que importa é entender a natureza das coisas, seus modos de existência, a maneira como elas são feitas, suas complexas formações. Não se trata de dizer que Valéry é um poeta, ensaísta, escritor, pintor, matemático, físico, historiador... mas, sim, que ele se pergunta sobre o modo de existência dessas experiências e sobre como elas se combinam e se tensionam de inúmeras maneiras, transformando os modos como habitamos o mundo.

Valéry se comporta como um antropólogo que vê a própria Europa como uma civilização infinitamente estranha (além de mortal...). Como algo como uma obra de arte pode existir? Por que tanto apego ao seu aspecto de "objeto"? Por que essa idolatria da novidade, da velocidade, do progresso, do consumo? Como algo como o dinheiro pode subsistir senão por um sistema de crenças no seu modo de produção de valor? Será que esse sistema de crenças também caracteriza a atribuição de valor das "obras" de arte?

Daí a desconfiança desse valor intrínseco da obra que a noção de ato coloca em xeque. O objetivo da obra não é produzir valor, mas "surpreender o produtor". Isto é, não escrevemos para descobrir quem somos ou para produzir um efeito em alguém, mas, como disse Cabral, "o feito o foi para Ninguém". Escrevemos para nos tornarmos algo diferente do que já somos. "Invento, logo existo"

Uma "obra" vale pelos seus restos, pelo processo, por aquilo que escapa ao objeto. Ela é no fundo uma transformação que tem a própria transformação por objeto. Tanto assim que "um livro malsucedido pode ser uma obra-prima interior". Uma obra é um campo de relações entre atos, permeada por sua arquitetura compositiva, de um lado, e pela relação com os contextos (do produtor e do receptor), de outro.

Desse modo, veja-se que a questão do verso livre se torna uma discussão sobre o grau de arbitrariedade das decisões do lado do produtor e do receptor. Muitas das passagens dos cadernos são verdadeiros poemas em prosa, mas a poiética sempre tensiona essa liberdade ao retomar a questão do verso métrico ou da rima como uma forma de tornar mais opaca a relação entre pensamento e linguagem, como também entre a escrita e a leitura. Como se a forma em sua opacidade produzisse uma maior igualdade entre as posições de produtor e receptor — uma "equipartição de energia" — e, ao mesmo tempo, exigisse uma maior torção do pensamento, dos afetos e da sensibilidade de ambos.

O que mais uma vez nos remete ao viés clássico, sem classicismo, de Valéry. A hesitação entre o formal, o significativo e as múltiplas camadas intrínsecas ao poema torna-se um princípio que opera em muitos níveis: desde o sentido, a sintaxe, as convenções da linguagem;

até o som, a escrita, a linha, a rima... A hesitação se prolonga em muitos níveis e em diferentes escalas, atravessando produção e consumo, demanda e resposta, desejo e satisfação. Autor e leitor continuamente trocam de papéis em um espaço de ressonância de suas variações e possibilidades recíprocas.

E aqui as relações com as outras práticas artísticas e científicas se faz sentir com muita força. Isso porque, ao contrário do que possa parecer, é essa exigência formal que faz a ideia orgânica. Ao trazer para dentro da arte a sua potência de formação, isto é, o trabalho das forças sob as formas, Valéry aponta o quanto esse procedimento é constitutivo também das formas naturais. Basta pensar nos códigos que operam na natureza e no padrão de suas repetições.

Poderíamos dizer que as intuições matemáticas de Valéry seguem o mesmo caminho. É como se Valéry tivesse uma escuta poética para a matemática e ao mesmo tempo uma percepção matemática da relação entre os signos. Abre-se aqui um caminho para os números mais sutis concebidos nos cadernos, números que se constituem no limiar entre as diferenças qualitativas e quantitativas, aproximando o espírito geométrico do espírito de "finesse".

Essa internalização das ciências, a tentativa de captar as transformações subjetivas de seus pressupostos, torna-se assim parte importante dessa empreitada. Tanto que uma pessoa "qualquer" se torna uma notação da pura possibilidade, um pronome, um símbolo de posição e o "eu", a variável de uma equação. Já mais para o campo da física, vemos que, com Mallarmé, o pensamento se confunde com uma constelação, e a matéria poética, com Einstein, é vista como uma dobra do espaço-tempo. Uma das características dessa poiética é o jogo com a diferença de escalas, passando do muito grande ao muito pequeno, de uma conjunção interestelar a uma relação entre pensamentos, de uma longa duração natural ao tempo de configuração de um poema.

E essas derivas científicas ainda se desdobram em uma relação entre as práticas artísticas que aproxima a poesia, as artes visuais, a música, a dança, entre outras, buscando compreender a escrita como uma maneira de ver, atravessando a singularidade do olhar, a temporalidade da escuta, a dança dos sentidos e a corporalidade das metáforas.

Entramos em um mundo de transições, variações, modulações entre muitos mundos e entre muitas práticas diferentes. Esta é a grande arte da poiética: habitar esses espaços tradutórios entre mundos e modos de subjetivação multiformes. Mundos em que tanto o caos gera ordem quanto a ordem gera caos (sem esquecer que para Valéry a ordem e a desordem são os grandes polos inimigos da humanidade quando não aprendemos a lidar com a relação entre elas).

Daí a importância de a poiética considerar nos modos de fazer tanto a indeterminação quanto a construção, tanto a ação quanto a matéria, o qualitativo e o discreto, o som e o sentido em uma busca sempre singular de articulação entre esses heterogêneos que permeiam os nossos atos.

É o que nos faz sermos feitos para fazer. Só o ato é capaz de capturar essa complexidade que escapa tanto ao pensamento quanto à sensibilidade, tanto ao corpo quanto ao espírito. Essa é uma das mais caras divisas dos cadernos. O fazer escapa àquele que o faz, e o que está feito sempre ainda está por fazer. Somos feitos para fazer porque o dado e o construído se confundem, e o próprio fazer não almeja tornar-se um feito, mas apenas deixar seus rastros para que outros possam acompanhar, a partir de si mesmos, as notações de alguns percursos e possibilidades. Afinal, era algo dessa ordem que estava em jogo quando Valéry, perguntado sobre o que ele quis dizer com um de seus poemas, respondeu: "foi a intenção de fazer que quis o que eu disse".

Feito para fazer é tomar-se como parte de um universo em que contenho o que me contém e me torno algo diferente daquilo que parecia dado. Um universo em que tanto habitamos a linguagem quanto ela nos habita. Onde a linguagem e as coisas trocam de posições. Feito para fazer é do começo ao fim a alegria de multiplicar os meios, de tornar os mínimos atos infinitos. É saber o que de fato nos move e nos comove para que possamos dizer, como Valéry, quando não for mais possível fazer: "eu fiz o que eu pude".

E é essa potência do fazer que nos leva mais uma vez ao grande João Cabral de Melo Neto, que fez um poema capaz de dizer aquilo que apenas esboçamos nesta apresentação, mas que fica aqui como o mais múltiplo cristal de quem se presta ao "inútil do fazer", e que deixamos como a flor que antecede o fruto dessa aventura que é estar "Debruçado sobre os cadernos de Paul Valéry":

"Quem que poderia a coragem
de viver em frente da imagem

do que faz, enquanto se faz,
antes da forma, que a refaz?

Assistir nosso pensamento
a nossos olhos se fazendo,

assistir ao sujo e ao difuso
com que se faz, e é reto e é curvo.

Só sei de alguém que tenha tido
a coragem de se ter visto

nesse momento em que só poucos
são capazes de ver-se, loucos

de tudo o que pode a linguagem:
Valéry — que em sua obra, à margem,

revela os tortuosos caminhos
que, partindo do mais mesquinho,

vão dar ao perfeito cristal
que ele executou sem rival.

Sem nenhum medo, deu-se ao luxo
de mostrar que o fazer é sujo".

Poiética [Cadernos]

Um poema, uma ideia extraordinária são acidentes curiosos na corrente das palavras (1897-1899. *Tabulae meae Tentationum — Codex Quartus*, I, 277).

✳

Uma obra de arte digna do artista seria aquela cuja execução também seria uma obra de arte — pela delicadeza e profundidade das hesitações — o entusiasmo bem medido, assim como a tarefa que se encerra com maestria na sequência das operações — Isso é inumano (1901. II, 311).

✳

Meu espírito ignora tudo aquilo que não lhe opõe resistência. Ele ignora as coisas que encadeou.

Os grandes problemas que agitaram o maior número de pessoas não podem sequer ser colocados.

Uma obra literária representa sobretudo o último instante de sua composição: aquele no qual o autor a releu e a aceitou por si mesmo definitivamente.

Pode-se representar completamente uma forma melódica — incompletamente um timbre.

Cada um é também um corpo sonoro.

(1901-1902. II, 384, *19328, 28*)

*

O verdadeiro escritor é alguém que não encontra suas palavras. Então, ele as procura. E, procurando, ele as encontra melhor (1902. II, 669).

*

O estilo literário resulta — (é possível) da inexatidão das palavras, de sua não- uniformidade — em relação aos fatos mentais. Cada palavra diz mais ou menos — do que é preciso. [...] (1902. II, 704).

*

Apreciar *como artista* coisas tão *simples* quanto o dia; o sono; a caminhada e a corrida — um quarto — uma frase ordinária; ler um instinto; beber; mirar-se, falar-se — *rever*, portanto, o que foi tão visto — mas em seu lugar (1903. *Júpiter*, III, 67).

*

Encontro poucas pessoas — a fim de compreender que a literatura possa ser considerada como domínio de combinações — ou ao menos como tentativa —, grupo de *movimentos* em torno das representações habituais, graças à linguagem, utilizada de um certo modo. O conjunto dos efeitos literários e dos procedimentos escapa como conjunto à opinião do vulgo (1903. *Júpiter*, III, 88).

*

É possível dividir a existência mental de uma pessoa muito cultivada em 2 partes.

A 1ª, comum às outras pessoas, durante a qual ela reduz suas percepções e as combina em vista da utilidade — direta.

A 2ª, particular e, por vezes, singular durante a qual ela busca reperceber as coisas abolidas — e reencontrar o caos primitivo — a totalidade de sua sensibilidade — as sensações subjetivas — as rebarbas — os "erros" dos sentidos, ou seja, as sensações não corroboradas por outros — as coincidências etc., *o qualquer* (1903. *Júpiter*, III, 123).

*

Aplicando à linguagem ordinária mista — os princípios de desenvolvimento e de fortalecimento que aprecio — vejo um estilo cujos elementos — as palavras tendo sido reclassificadas — rearranjadas em grupos nos quais todas são do mesmo domínio — os membros ou frases são quase todos compostos racionais — agindo em conjunto — podendo se destruir de um só golpe pela compreensão.

Esse estilo artificial, comparável à música *após* a escala, ajustado precisamente ao modo como nossas funções coordenam suas diferentes naturezas, descobre como *efeitos* os acidentes do discurso ordinário, retoca-os, aparelha-os para um emprego mais nobre e mais lúcido. E por não poder criar inteiramente uma linguagem — essa aproximação me seduz.

A música se destaca da infinidade dos sons — ela recolhe os puros e suas relações: de modo que, ao começar — esse conjunto correlativo forma mundo e como um poliedro completo (1903-1905. III, 482).

*

Valor dos caprichos

Quem sabe se as leis próprias ou as maneiras essenciais do pensamento não são visíveis no estado mais puro — o mais simples naqueles momentos — as fases — em que parece existir a maior liberdade (de substituições, de saltos, de fantasias etc.)? Estados que seriam análogos aos movimentos dos corpos celestes sem atritos e às reações químicas em altas temperaturas.

Desse modo, seria dado um sentido muito profundo aos caprichos de artistas e de crianças. Essas bagatelas teriam seu valor. Repare também que esses jogos têm uma aparência bem conhecida de gratuidade, de reversibilidade, de facilidade, e requerem uma rapidez muito grande.

fantasias do lápis[1]

(1905-1906. III, 869)

✵

A memória perceptiva serve para amadurecer ou completar uma impressão e para levá-la de seu começo à sua nitidez por um caminho em nós, com uma velocidade nossa — em vez de esperar seu desenvolvimento próprio.

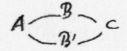

Toda sua utilidade vem de sua velocidade.
Escritor — é tomar posição em um ponto de onde se vê à direita toda a linguagem, à esquerda todas as coisas —

E se um assunto é dado — (um tema) tomado em meio a essas coisas, então vejo que esse dado desperta imediatamente certo grupo de palavras no conjunto completo das palavras.

Esse grupo é aquele em que qualquer um — retiraria, naturalmente e sem mesmo se aperceber disso, elementos para exprimir o dado.

Mas, escritor, você deve rejeitá-lo — e fazer o difícil. Você deve saber antes de tudo, ou pressentir — que tais palavras necessárias, em aparência e habitualmente, designam apenas uma subdivisão

[1] Adicionado posteriormente.

particular das coisas, um tratamento das impressões tomadas de um modo específico, e não as coisas mesmas.

Para que haja palavras é preciso uma fixação das coisas — mas é sempre possível fixá-las e decupá-las em um número ∞ de maneiras

O tempo é — o eterno presente

É preciso escrever como se gostaria de falar a si mesmo: mas então é necessário sobre-carregar e sobrelevar esse si mesmo.

Passado, presente, futuro — ou: com a ajuda de um ponto dado, sempre é possível determinar outros dois.

Axioma do tempo: não há acontecimentos idênticos.

Observo ~~esse corpo~~ esse objeto e falo comigo mes-mo sobre ele.

A mística é a arte de esperar — e o segredo divino: a arte de se fazer esperar.

(1905-1906. III, 882, *19245*, *99*)

✳

O inconsciente, o subliminar não é, no fundo, senão o mundo exterior, o verdadeiramente exterior (o que explica seu ar tolo e misterioso), é o exterior se servindo de minhas máquinas. O acaso deseja que ele obtenha, às vezes, efeitos extraordinários. Mas, contando-se os lances, a insensatez o supera. Não há "gênio" puramente inconsciente. Mas a pessoa de gênio é, ao contrário, aquela que sabe se aproveitar das figuras lançadas pelo acaso. Ela tira do acaso um recurso infinito, vasto como o mundo. Mas ela preserva sua arte de suprimir — de reatar —, sua *liberdade*.

Gênio = consciente das inconsciências.

Há, portanto, coisas que *podem não ser — vistas.*

O que é ver?

O lance de gênio não vem quando quero — mas meu querer introduz, porém, algum truque no jogo — por exemplo, imitar da melhor forma que posso uma felicidade anterior — imitar o que eu era no momento do lance feliz de anteontem.

Diferença entre inventor e seguidor — uma vez *trazida* à *luz*, todos veem a mesma coisa. O inventor viu, depois fez ver.

O que ele fez, sobretudo, foi *ter visto claramente* que se poderia *fazer ver* a coisa que ele *viu claramente* (1906-1907. III, 895, *19246, 7*).

✳

Quando é muito bela uma obra perde seu autor. Ela não é mais sua propriedade. Ela convém a todos. Ela devora seu pai — Ele foi apenas seu meio. Ela o despoja (1906-1907. IV, 46).

✳

— Escrever — para se conhecer — e eis tudo (1907-1908. IV, 199).

✳

A forma faz a ideia orgânica (1909-1910. *A*, IV, 359).

✳

Não se faz obra pura e rigorosa com a linguagem senão por artifício de supressões, de definições novas, secretas, de especificações que formam uma nova linguagem na antiga.

O estilo é uma linguagem (homogênea, completa, ordenada) dentro de uma linguagem (dada e, portanto, desordenada em relação a mim).

Não me sirvo, eu indivíduo, de toda linguagem dada. E quanto mais eu sou eu mesmo — menos posso me servir dela.

A arte resulta da desordem da linguagem geral, desordem necessária e *estatística* (à qual eu posso opor uma linguagem) (1909-1910. *A*, IV, 361).

✳

De certo "ponto de vista" que não raro é o meu — o que se chama uma obra bela — uma obra-prima — pode parecer um terrível defeito do autor[2] (1909-1910. *A*, IV, 365).

✳

Quando dizer de uma obra que ela está terminada? Em que momento?

Seria necessário um acontecimento-sinal — uma descontinuidade (1909-1910. *A*, IV, 380).

✳

É preciso dar a toda obra a *forma* completa de uma fase humana completa (1909-1910. *A*, IV, 383).

---

[2] Reproduzido com variantes em *Rhumbs*, *Tel Quel*, in: *Oeuvres*, II, p. 626.

✳

Aproveitar-se do acidente feliz.[3] O escritor verdadeiro abandona sua ideia em favor de outra que lhe aparece ao buscar as palavras para aquilo que desejava, pelas palavras mesmas. Ele se vê feito alguém mais poderoso, e mesmo mais profundo, por esse jogo de palavras imprevisto — mas do qual ele percebe instantaneamente o valor = aquilo que um leitor retirará disso: é seu *mérito*. E ele passa por profundo e criador — não tendo sido senão crítico e caçador fulminante. É o mesmo com a guerra, com a bolsa (1910. *B 1910*, IV, 399).

✳

Inventar deve parecer bastante com reconhecer um ar na queda monótona de gotas d'água, nas vibrações do trem e nas batidas de um motor de movimento alternado...[4]

É preciso, creio, um *objeto* ou núcleo ou matéria — vaga, e uma disposição.

Há uma parte em nós que só se sente vivo criando: invento, logo existo.

A marcha geral das invenções pertence a esse tipo geral: uma sequência de deformações sucessivas, quase contínuas, da *matéria* dada e um limiar — uma percepção brusca do *futuro* de um dos estados.

Futuro — ou seja, valor utilizável, valor significativo, singularidade (1910. *B 1910*, IV, 422).

✳

Um caráter de certo "gênio" — é tornar um *ganho* o que ingenuamente seria uma *perda*.

---

[3] Reproduzido com variantes em *Cahier B 1910*, *Tel Quel*, in: *Oeuvres* II, p. 577.
[4] Reproduzido com variantes em *Cahier B 1910*, *Tel Quel*, in: *Oeuvres* II, p. 594.

Seja porque de impressões indiferentes ele retire um juízo, uma maneira de ver, um tipo de visão, um bom exemplo para a ocasião; e assim faça para si reservas e recursos dos quais o basbaque busca em vão a origem — —

Seja porque ele pare onde a pessoa comum passa; observe onde essa se confunde, tome consciência de sua inferioridade em tal momento, se municie disso — vá sempre um pouco mais longe que a impulsão atual — etc.

Rendimento variável (1910. *C 10*, IV, 437-438).

∗

Aquele que estende o arco de seu pensamento até onde sua força deseja — ele, que em presença do papel e da pluma de sua arte, percebe, até que ponto — ? — certos limites — e deve sacrificar à sua arte ou à sua tensão. Por essa mutilação de mim, ele diz —, eu poderia fazer uma obra *bela*, — mas eu saberia sempre o que calei? Vou me condenar a sentir apenas o que sei exprimir? Não me reconheço nessa obra-prima. Não a fiz senão por impotência. Ela não está bem medida senão por minha pequenez. Não quero escrever o que não me espanta (1910. *C 10*, IV, 452).

∗

A invenção é apenas uma maneira de ver. Ela se apossa dos incidentes e dos acidentes, e deles faz chances, signos — —

Inventor é aquele que apreende cada coisa ou nada, com o inquieto sentido do possível, do utilizável —

Fazer servir esse defeito, essa desordem, esse imprevisto, esse resto, esse nada, essa aspereza, essa coincidência, esse lapso... aos seus contrários.

Aquele que utiliza o máximo — utiliza o tédio, a dor, a inferioridade, o contratempo, a homonímia, a assonância (1910. *C 10*, IV, 456).

*

O artista não traduz palavra por palavra, mas efeito produzido por efeito a produzir.

A mais bela e forte situação interior não tem nenhuma relação necessária com a linguagem.

A arte começa pelo sacrifício da fidelidade à eficácia (1910. *D 10*, IV, 479).

*

Pintura *e* poesia são edificações complexas — nas quais funções sem medida comum geral trabalham em favor de um tipo de equilíbrio muito instável, muito pouco *provável*. — Assunto, exercício do intelecto, propriedades dos grupos de sensações e de suas combinações, representações de objetos e de seres reais, — limites subjetivos e distribuição puramente formal ali se reencontram — e não se entreajudam senão por acaso. Sentido e som de uma palavra.

De tal modo que cada obra *bem-sucedida* é um caso particular, um acidente feliz — e que sacrifícios se impõem continuamente tanto ao intelecto, quanto à sensibilidade, para fugir, em tempo, ora à exatidão indiferente, ora ao absurdo harmonioso e ao *nonsense* mágico (1910. *D 10*, IV, 480).

*

Um livro malsucedido pode ser uma obra-prima interior (1910. *E 10*, IV, 607).

*

Se há verdadeiramente um espírito de geometria e um espírito de finesse, a única coisa a fazer é juntá-los, encontrar uma ponte.

O espírito geométrico é perigoso nisto — que ele chegue a considerar nulo o que é indefinível. Há um tipo de cegueira essencial dos geômetras, que os faz seguir identicamente as consequências e os conduz a trocar *demais* os termos por seus valores. Mas essa operação só é possível raramente. Ela existe apenas em uma forma excepcional do trabalho do espírito.

O espírito de finesse é não guiar mal demais seu pensamento ao lidar com noções vagas e com aquilo que é mal definível.

A ponte sobre a qual falava, vejo onde ela está: ela é o momento em que o geômetra busca uma definição e deseja passar de sua imaginação às suas formas regradas. Essa é a hora da profunda finesse. Há sacrifícios, escrúpulos, mudanças de visão, nas quais ele se engaja inteiramente. Em seguida, poderão vir somente as séries formais, e todos esses movimentos que transformam as expressões, as simplificam, as fazem simétricas — etc.

E ela é também o momento em que o espírito de finesse deseja construir.

O espírito geométrico é aquele que vê, em uma questão ou situação qualquer, aquilo que pode ser substituído por um sistema de coisas definidas ou signos, e de operações bem distintas; e que, cegando-se então para os objetos realmente dados, faz funcionar esse sistema fictício observando somente as definições, as regras de substituição, até lhe retirar todos os aspectos, sendo x a faceta a colocar sob a luz (1911-1912. *F 11*, IV, 624).

*

— Obra-prima, uma maravilhosa máquina para fazer medir toda a distância e a altura entre um tempo breve e uma elaboração muito longa, entre um lance feliz e bilhões de saídas quaisquer; entre um *eu* artificialmente elevado à potência mais alta e um *eu* elevado ao zero; entre o que foi necessário e o que seria necessário para fazer — e o que, em um piscar de olhos, em um contato, se capta.

Perfeição, pureza, profundidade, delícia, arrebatamento que reforça a si mesmo (1911-1912. *F 11*, IV, 630).

✳

Não há ideia que deva apenas a ela mesma seu império e sua onipotência sobre uma pessoa.

Não há ideia que seja *por ela mesma* qualquer coisa a mais que toda outra ideia.

Nada do *fundo* tem a supremacia.

Mas uma forma envolve tudo. — Aí está o único sentido de Poesia — que nenhuma sentença particular supera [...] (1911-1912. *F 11*, IV, 633).

✳

Pela mistura de palavras muito ordinárias, o escritor sabe aumentar o mundo exprimido.

Ele não adiciona uma palavra nem um objeto, mas transforma um sentimento vago que tenho — (e sem o qual não compreenderia) — em um desenho, em um fato articulado.

Ele faz o que faço neste momento mesmo.

Nele, as palavras são mais livres que nos outros. O rendimento delas, maior. A mesma palavra entra, por meio dele, em dez combinações, ao passo que ela faz apenas uma, por meio de vocês.

Nele, está o poder de desligar, de ligar mais frequentemente as palavras (1911-1912. *F 11*, IV, 635).

✳

Aqui essa palavra em vez daquela — por causa de alguma consonância ou aliteração — que favorece uma e me inclina a ela.

O leitor lhe encontrará um sentido. Este é seu ofício próprio, estar diante de minhas frases como diante de uma flor ou uma rocha singular, sem fala. Que ele encontre, por meio de si, a fala em estado nascente e não dita.

O discípulo procurará aqui uma "estética". Ele se corroerá para buscar o impossível desvio espiritual que me conduziu a essa palavra.

Discípulo, ou seja, ladrão (1911-1912. *F 11*, IV, 642).

✳

O escritor buscando a palavra — não a palavra que preexiste, — aquela que deve existir para tal impressão — necessidade — se assemelha estranhamente à matemática buscando com seus inteiros e suas funções racionais designar toda grandeza (1912. *I 12*, IV, 778).

✳

Uma antiga, não muito antiga, tradição quer que os discursos tenham um sentido, que eles não tenham vários — etc.

Que *eles tenham um sentido* — ou seja, que eles devam sempre conduzir a um objeto e que possam, com esse objeto alcançado, ser inteiramente anulados, como se apagam os meios e os caminhos quando o objetivo é tocado.

Mas essa é apenas uma tradição não muito antiga, nem uniformemente seguida.

O objeto do discurso pode ser o próprio discurso.

Ademais: se todo objeto de discurso é percebido como indiferente, como o objetivo de um caminhar por caminhar — (é necessário que haja um objetivo, pois só é possível caminhar em um sentido —) então o objetivo ou o sentido são apenas o meio. O verdadeiro objeto está *presente*, o meio é futuro. O que tendo a ser não me serve senão para ser o que sou. O que pareço querer dizer não me serve senão para dizer.

Segue-se disso que meu trabalho depende do caminho e não somente das pontas extremas (1912. *I 12*, IV, 805).

✳

Maré grande — Vista do Cassino de Granville.

Dança geral — atônita. Tola em suma — Você não irá *mais longe*. E em tal hora todos esses demônios vão deitar.

Mas sonho com a lição de literatura do eterno estudante descrevendo uma tempestade.

Todas as prováveis palavras e metáforas desencadeadas. O que seria apenas um desfile de frases. Mesmo um crescendo de um [Victor] Hugo — não valeria a pena.

No lugar de — minhas queridas equações e relações *possíveis* (invocadas), — escrever isso analiticamente — não impressões e retóricas combinadas — mas (por exemplo) justapor às verdadeiras impressões (supressão do pensamento, sua substituição pelo movimento marinho atordoante e pelo vento frio e teso, os ouvidos entupidos e congelados, a dispersão por tantos acontecimentos impossíveis de serem seguidos; personalidades breves de ondas, desordem permanente; medo de que a maior onda já tenha passado e se quebrado — E as hipóteses: ser jogado lá dentro — e ali perecer)

justapor uma verdadeira *construção* — entendendo aí precisamente o contrário de uma série plana — mas: série aparente e realmente uma identidade — [...]

Todo espetáculo que vejo é como limitado *de um certo lado* por mim; balizado em algo pelo meu ser; interrompido em uma linha que me é fisicamente interior e essa fronteira varia como aquela do mar, entre limites —

E todo espetáculo que vejo é como provido, bordeado, acabado, completado por mim em atos hipotéticos, linhas traçadas, contatos estabelecidos, saltos e pulos de mim mesmo entre aquelas coisas; eu estou no fundo desse abismo e sobre esse cume, sobre a crista da onda, eu perco o pé, sou amigo, irmão desse desconhecido — eu sou ele —

— O que chamam de espaço é apenas um modo desse acabamento imaginário da vista — restrição de prolongamentos e prolongamentos (1912. *I' 12*, IV, 820, *19260, 4*).

*

O objetivo da obra é surpreender o produtor (1912. *I' 12*, IV, 826).

*

Um "escritor", esse modo de ser se marca assim: ele sempre diz mais e menos do que pensa. Ele retira e acrescenta ao seu pensamento — (quero dizer — a todo pensamento real).

O que ele escreve, enfim, não corresponde a nenhum pensamento real. É mais rico e menos rico. Mais longo e mais breve. Mais claro e mais obscuro (1912-1913. *J 12*, IV, 871).

*

Escrever: querer dar certa existência, uma duração contínua, a fenômenos do momento.

Mas, pouco a pouco, pelo trabalho, esse momento mesmo se falseia, se orna, se faz mais existente do que jamais pôde ser (1913. *K13*, IV, 912).

*

O sentimento ou o que é chamado vagamente por esse nome não vale nada na invenção, na descoberta real do músico e do poeta.

As verdadeiras descobertas — resultam de um tipo de cristalização brusca ou semibrusca. Um *arranjo sui generis* saído do *acaso*. Esse acaso ou conjunto de circunstâncias pode conter o sentimento, a emoção, mas a título de elemento.

Esse arranjo tem grandes semelhanças com fenômenos de memória — de ressonância generalizada. Assim o ruído ou semissom de um choque metálico pode bruscamente dar existência a uma disposição cerebral *favorável* — a um lance feliz.

Mas é necessário, por outro lado, tato e preparo — sentimento de si — análise desse abalo importante.

O gênio tenta imitar, tornar habitual — funcional — esse acaso (1913. *L 13*, V, 15-16).

※

As analogias e as metáforas devem ser consideradas produtos regulares, *atos* de certo estado determinado, no qual tudo o que parece aparece apenas em um tipo de ressonância de similitudes. Nesse estado, não há coisa isolada, o espírito procede por grupos inteiros e o que é coisa isolada, para o espírito. é coisa incompleta, ato inacabado.

Nesse ponto de percepção — parece mesmo que cada objeto realmente dado seja o fragmento de um indivisível psíquico — não menos real, senão mais. Esse bosque, esse vento não existe ou não existe o suficiente — mas a relação deles com tal movimento das mãos. Todo o dado é fração, começo, insuficiência.

A dificuldade das metáforas vem frequentemente de uma timidez — ou de uma particularidade muito grande (1913. *L 13*, V, 26).

※

Dever de crítico —

Discernir em uma obra o que é sorte, o que é reboco, o que foi feliz e o que foi dever; o que vem de raciocínios, de manias, de modas, da coisa mesma, do anseio de se disfarçar, do ciúme, da necessidade de acabar ou de terminar.

E os acasos, os semiacasos; aqueles sofridos, aqueles provocados, acelerados pelo cérebro necessitado.

E os embaraços que surgem na sequência de uma descoberta.

E os escrúpulos (1913. *M13*, V, 53).

∗

Minha maneira de olhar as coisas literárias se faz sob o modo do trabalho, dos atos, das condições de fabricação.

Uma obra, para mim, não é um ser completo e que se basta, — é um cadáver de animal, uma teia de aranha, uma carcaça ou uma concha abandonada, um casulo. É a fera e o trabalho da fera que me pergunta. *Quem* fez isso — ? — Não *qual Homem, qual nome* — — mas qual sistema, nem homem nem nome, por quais modificações de si mesmo, por meio de qual meio ele se separou daquilo que foi por um tempo? (1913. *N 13,* V, 88).

∗

Farei uma comparação — uma de minhas comparações mecânicas.

Inventar — criar poeticamente, musicalmente — depende de certa *rapidez.*

A estabilidade dos corpos muda quando eles estão em movimento e, quanto mais rápidos, mais estáveis. Pião — etc.

O ser humano corre sobre as pontas dos rochedos.

O cone se sustentará sobre sua ponta se ele gira velozmente. Não tem tempo para cair — O ponto que ia cair voa ao ponto oposto.

Aquele que encontra, passa. É como fugir *diante do vento.*

Ir mais rápido que... o não criado — que o retorno. E segue caminhos que a lentidão jamais poderá percorrer *primeiro* (1913. *N 13*, V, 94).

✳

Talvez, o que o trabalho literário ou artístico tem de mais admirável é ser um trabalho grandemente / essencialmente / indeterminado.

Fica-se tão livre que a parte mais laboriosa da tarefa é prescrevê-la a si mesmo tal e tal — de criar o problema bem mais do que resolvê-lo (1913. *P 13,* V, 142).

✳

Compensar a besteira que acaba de nascer pelo estudo dessa besteira. Se você soubesse o que eu rejeito, você admiraria o que eu guardo (1914, *W 14,* V, 368).

✳

Alguém olha uma imagem e vê uma realidade. Ele olha um desenho e vê coisas. Olha coisas e vê atos, operações possíveis. Esse possível sozinho dá todo seu valor a essas coisas vistas.

Ele concebe, pressente esses atos possíveis (praticáveis ou não) e lhes retira o sentimento de relações constantes, de variações independentes, de ligações, de sistemas fechados.

O gênio está na percepção desse possível. Ele o acresce em um ponto particular como também por via sistemática. Às vezes, ele introduz ligações, às vezes, liberdades ainda não imaginadas (1914, *W 14,* V, 389).

✳

A invenção só é possível por causa da pluralidade das funções possíveis de um objeto. O que satisfaz a condição dada ou a necessidade surgida existia de outro modo. Às vezes, a solução já existia e você não muda nada — mas se limita a vê-la — você ainda não a havia percebido como solução.

Então ela se reduz a um ensejo. Perceber *A* em tal instante. Trata-se de uma apropriação espontânea — e nesse sentido é possível dizer que nada é mais *racional* que a invenção. Reagir com aquilo que é preciso (1915. V, 552).

✳

Dois princípios inimigos nas Letras.

Um, absoluto, que é obter a qualquer preço o efeito mais poderosamente perfeito.

Esse primeiro autoriza (e mesmo exige) a tomar o que lhe parece bom em todos os lugares. A construir com empréstimos.

Os Chineses são profundamente realistas, pois não estimam um poeta por ser original, mas colocam acima de tudo o seu prazer, e até o prazer de reescutar e de reconhecer. O que lhes causou a vaidade de Um Tal? Basta definir de outro modo essa vaidade e colocá-la na memória e no ensejo das citações.

— Mas o outro princípio absoluto — é o de utilizar o exercício literário apenas para certo avanço de si mesmo.

O trabalho é o essencial; o resultado, secundário; a obra, um subproduto. Trata-se de empregar o esforço literário para tirar de si bens e visões que permaneceriam implícitas ou aludidas, não aprofundadas.

É claro que esse princípio exclui os empréstimos e se guarda contra influências *reconhecíveis*.

Mas quem me assegurará de que eu avancei? (1915. V, 692).

✳

Um espírito completo não é um espírito que conheça tudo, que julgue tudo, mas aquele que, em certo domínio, não se deixa nem continuamente na vaga intuição e no sentimento confuso de relações, nem continuamente na nitidez — mas que tem sempre reservas contra a clareza e tem sempre recursos contra a complexidade e a confusão; alguém que sabe cortar e que sabe que corta; sua claridade estando sujeita à falsificação que ela sempre introduz — o que há de vago estando sujeito aos erros que ele sempre traz ao cálculo de um exame mais detalhado.

O grande perigo do que é vago (que, de outros modos, é funcional, necessário e fecundo —) é pensá-lo por meio de ideias e de linguagem — que lhe dão sempre certa precisão estranha, prematura; elas disfarçam o vago e o fazem ser tratado como coisa determinada.

O vago e o preciso são estados ordenados um após o outro, mas que não se pode tomar um pelo outro (1915. V, p. 713).

✳

Os *leitmotiven* foram criticados, zombados. Ora, é radicalmente impossível conceber uma obra de grandes dimensões sem tais auxílios, que são necessidades. Não digo ser impossível fazer diversas obras curtas, cuja soma faça uma grande e cuja única ligação seja o tema. Isso é grosseiro.

Prova: as longas poesias que se quebram sempre *na prática*, no leitor. Cf. Poe.

O segredo da grande arte é dar ao paciente correntes invisíveis; mas se elas são visíveis, isso não vale nada.

O estudo e a pesquisa dessas correntes, dessas ligações *artificialmente implícitas*, conduz àquela dos fenômenos psíqu[icos] laterais.

Os viventes, humano ou cavalo, são tão belos em seus movimentos porque os esqueletos, as ligações, os músculos estão escondidos e dissolvidos;

uma pedra em movimento não se distingue de uma pedra imóvel — conheço seu movimento apenas com meus movimentos para segui-la. Mas um animal anda, corre; sua forma que muda, fala (1916. C, VI, 124, *19286, 8-9*).

✳

Os outros nos veem em perspectiva. Outro e outros significam unicamente perspectiva. Cada Todo tem os outros Todos como partes (1916, C, *19286, 10*).

✳

A originalidade resulta das imperfeições do conhecimento. Um metal infinitamente polido não é mais do que seus entornos (1916. C, VI, 127)

✳

O desejo de originalidade é o pai de todos os empréstimos / de todas as imitações. Nada mais original, nada mais *próprio* do que se nutrir dos outros — Mas é preciso digeri-los. O leão é feito de carneiro assimilado.

Originalidade. Desejar ser a SI MESMO. Desejar ser novo. Mas ser a *si mesmo* e ser *novo* somam... dois.

(1916. C, VI, 137, *19286, 15*).

✳

A poesia — e digamos: o pensamento — só é possível porque uma representação qualquer jamais pertence a um único e mesmo sistema, salvo se ela for abstrata e então não se trata mais de representação. Tudo o que é visível e imaginável é, por isso mesmo, tudo menos *uniforme*.

De onde se segue que o melhor meio de *pintar* alguma coisa é restituir aquilo pelo qual ela é multiforme, essa multiplicidade fundamental de um objeto que admite tantas interpretações, respostas, "pessoas" recíprocas cada uma a ela... (1916. *C*, VI, 147).

✳

Vejo no ar um pássaro em uma queda formidável, tão rápida, como se ele tivesse se jogado de sua curva primeira; esta, por comparação retrospectiva, dando a ideia de um pavimento, um lugar sólido, um ponto de onde ele teria se jogado.

E tão brusca, sua descida, tão inesperada, sua retomada em plena perpendicular, que senti segui-lo a fundo com toda minha estrutura, que eu o esposava, que meu coração estava premido, detido, a vida suspensa nesse fio de andorinha.

Que lição de arte! Sustentar o ser a esse ponto, suspendê-lo acima do precipício, soltá-lo, retomá-lo. A atenção de outrem é o objetivo, a presa. Fazê-lo sentir o risco e a segurança, conduzi-lo aonde não se quer ir, deter-se sobre o obstáculo, no ponto marcado...

A arte grosseira comove, transtorna, captura — mas não sabe dar e reter (1916. *C*, VI, 149-150).

✳

Sobre uma coisa, que ela é simples quando parece concordar com a debilidade da imaginação, a brevidade da dedução, a tendência a agir imediatamente — do ser humano.

As coisas reais não são nem puras nem simples, e não há nenhuma razão para que elas sejam conformes a nossos meios.

Todo elemento do real é arquimúltiplo, entra em uma infinidade de outros — nem que seja apenas pela consideração de que sua definição como elemento é sempre arbitrária (1916. *C*, *19286, 41*).

*

O Espírito geométrico

Faço esta pergunta a crianças: se Pedro se parece com Paulo, será que Paulo se parece com Pedro?

Todas as respostas possíveis me são dadas. Todas são precedidas por um tempo de reflexão. Esse tempo é consagrado, como imaginava e me asseguro, a *imaginar* rostos e a fazer a experiência duas vezes absurda — imagina-se um rosto, depois outro que deve se assemelhar e não se assemelhar ao primeiro. Ou então se imaginam duas pessoas conhecidas e parecidas — e não foi essa a pergunta.

Se uma criança sem nenhuma reflexão ou imagem, decididamente, tivesse respondido: <u>sim</u>, esta teria o espírito geométrico.

Ela teria se concentrado apenas na relação *similitude*, que é perfeitamente simétrica; e teria se encerrado no dado.

Mas eis o que se produziu: a questão, mal foi feita, traduziu-se instantaneamente na seguinte: se Pedro me faz pensar em Paulo, a visão de Paulo me lembra Pedro tão facilmente quanto?

Não há resposta geral. E os casos particulares observáveis, se houvesse registro deles, não seriam comparáveis (1916. C, *19286, 41*).

O segredo da abundância de certos espíritos está na propriedade maravilhosa de utilizar qualquer coisa, qualquer incidente e de assimilá-lo de algum modo, de incliná-lo a seu objeto, por mais distante, por mais indiferente que ele pareça. Tal como tudo serve de arma para aquele que é atacado.

Esses espíritos parecem extrair inesgotavelmente de dentro deles mesmos, apesar de não serem mais do que um mercado de trocas infinitamente multiplicadas.

Um imbecil diz: *A é A*. Essa cadeira é uma cadeira. Mas ela é escada, fogueira, aparelho de ginástica, aríete, liteira — e a ideia de uma cadeira é construção, equilíbrio, alavanca, armação, escora; em tal poema, bastará pôr uma cadeira, no lugar e no momento necessário, para fazer imaginar a personagem; para dar um grande efeito...

A é A, a fórmula do tolo. Ela é somente uma relação lógica (1916. *C*, VI, 197).

✳

< A emoção é inútil nas artes — ou prejudicial. Quando necessária, é como um ingrediente. É preciso um pouco e sob a espécie da lembrança.

Não se faz bons versos com um bom coração. Aqueles que inventaram o verso, a rima, não tinham a intenção de serem comovidos, mas de comover.

Não se faz uma abóbada com emoções místicas. Uma catedral exigiu a tentativa de cem igrejas medíocres.

Um arquiteto maldoso sentiu o efeito e se esforçou para melhorá-lo > (1916. *C*, VI, 269).

✳

Disseram-me: X tem mais gênio do que Y.

Eu respondi: se, contudo, esse Y se aplicasse a rechaçar de seu pensamento ou de seu papel — tomando como entediante, fácil ou vulgar, indiscreto, insignificante, antipático — aquilo que X se dedicava a produzir e fixar?

— Rejeita-se facilmente como falta de gênio, timidez de espírito, aridez, impotência, mediocridade etc. restrições e lacunas que, em muitos casos, foram efetivamente desejadas, calculadas, por vezes dificilmente obtidas de si mesmo. Racine talvez tenha feito abortar em si alguns monstros "à la Shakespeare" (1916-1917. *D*, VI, 375).

*

K₁ — Criador criado

Quem acaba de terminar uma longa obra a vê formar enfim um ser que ele não quis, não concebeu — precisamente porque ele a deu à luz / (por tê-la dado à luz) / — e ressente essa terrível humilhação de sentir ter se tornado o filho de sua obra, de lhe emprestar traços irrecusáveis, uma semelhança, manias, uma barreira, um espelho, e aquilo que há de pior no espelho — ver-se limitado — tal e tal (1917. *E*, VI, 466).[5]

*

A importância de uma obra para seu autor se mede em razão do imprevisto que ela lhe traz, dele a ele, durante a fabricação (1917. *E*, VI, 485).

*

O que faz o poeta é, acima de tudo, o sentimento de certo "grau de liberdade" pelo qual é unicamente possível tirar proveito das dificuldades de sua arte, jogando com algumas *variáveis* das quais, uma vez feita a obra, o leitor não suspeitará. O que aparecerá como sua intenção principal terá sido acessório. O que ele desejou será sacrificado por aquilo que ele encontrou, o crime bem escondido. Sem essa liberdade em relação ao que acreditava inicialmente querer, ele não existe. O poeta só é possível por causa de uma hábil inconsequência; e por preferir sempre, à vontade particular de fazer tal coisa, sua vontade geral de fazer uma coisa bela.

Não tirar argumento disso. Os equívocos seriam muitos (1917. *E*, VI, 498).

---

[5] Reproduzido com variantes em *Autres Rhumbs, Tel Quel*, in: *Oeuvres II*, p. 673.

✳

Uma obra que se persegue termina sendo perseguida apesar de si mesmo e contra si mesmo; ela vos conduz aonde não se sabia ir, nas ideias e decisões que não são nem um *eu* nem um *não-eu* — àquilo que era possível ser e que era ignorado ou evitado até então (1917. *E,* VI, 505).

✳

A ideia de que se afastar do intelecto, se afundar na emoção, no aparentemente incondicionado — na liberdade nervosa — nos *aproxima de coisas sempre mais preciosas* — é um erro e um absurdo. A embriaguez sem álcool, a embriaguez de si, não tem um rendimento superior a outro; ela não abunda em descobertas. Considero que, [em] seus começos, a excitação leve e manipulável deve bastar. É preciso um bom vento, não uma borrasca, para navegar.

Certo *acaso* é necessário, certo grau de *acaso* — e de rapidez nas substituições — isso é fecundo — e não há fecundidade sem isso, mas o acaso total empacotado — — (1917. *F,* VI, 611).

✳

Escritores

Através das inúmeras tentativas e erros que ele próprio reconhece em si mesmo, o que o escritor busca, entretanto, é, enfim, o estado no qual ele possa se deixar levar, o dia de ceder a seu coração.

Para isso, é preciso um trabalho do diabo!

Só é possível fazer carreira após célebre adestramento e atingir a alegria de funcionar e de consumir enfim sua energia utilmente quando a máquina está construída. Máquina — ou seja, estorvos, ligações, obstáculos às perdas, às vibrações parasitas, às "liberdades" inúteis (1917. *F,* VI, 628).

✳

O prazer literário está menos em exprimir seu pensamento do que em encontrar aquilo que não se esperava de si mesmo.

Trata-se, portanto, de uma *expressão* que surge em nós antes de ser *pensada* e que ocorre ser um pensamento afortunado e belo[6] (1917-1918. *G*, VI, 783).

✳

A obra é uma modificação do autor. A cada um dos movimentos que a extraem de si, ele sofre uma alteração. E, quando está terminada, ela reage ainda mais uma vez sobre ele. Ele se torna (por exemplo) aquele que foi capaz de engendrá-la. Ele reconstrói, de certo modo, um formador do conjunto realizado, que é um mito.

Como a criança que acaba atribuindo ao seu pai a ideia e como que a forma da paternidade (1918. *H*, VI, 818).

✳

O objeto do poema é parecer vir mais do alto que seu autor.[7]

A serviço dessa ideia ingênua e primitiva, e talvez verdadeira / não falsa /, todos os artifícios, labores, sacrifícios — dessa pessoa..

É possível notar em si mesmo o acidente de uma bela situação ou atitude ou imagem, ou de uma produção afortunada de linguagem.

Pelo trabalho e pela arte, esse autor que se presumiu ser ou por vezes possuir é levado a se transformar em algo como que sobrenatural. Arte e trabalho são empregados para constituir uma linguagem que nenhuma pessoa real poderia improvisar nem sustentar, e a aparência de fluir de uma fonte é dada a um discurso mais rico, mais regrado, mais composto / atado / do que a natureza imediata pode oferecer

---

[6] Parágrafo adicionado posteriormente, em cópia dessa passagem feita para classificar os cadernos.

[7] Reproduzido com variantes em *Autres Rhumbs, Tel Quel*, in: *Oeuvres II*, p. 678-679.

como tal. É a esse discurso que se atribui o qualificativo de *inspirado*. Um discurso que exigiu três meses de tentativas, despojamentos, retificações, recusas, sorteios ao acaso — — é apreciado, lido em 30 minutos por outro indivíduo. Esse leitor reconstitui, como *causa* desse discurso, um autor tal que lhe seja possível falar assim — ou seja, um autor impossível. Esse autor era chamado Musa.

Tal como um edifício, observado em um simples olhar, apresenta, de modo relampejante, as longitudes dos arquitetos e dos pedreiros. E mesmo a ação dos séculos, as corrosões — e, além disso, os contrastes de civilização, de gosto, acumulados desde sua fundação — Etc. Um simples olhar basta para aprender q[ual]q[uer] coisa disso tudo, como a colherada de uma mistura (1918-1919. *J*, VII, 159).

✳

O grande interesse da arte clássica reside talvez nas séries de transformações que ela exige para exprimir as coisas, respeitando as condições *sine qua non* — impostas.[8]

Problemas da versificação — Ela obriga a considerar de muito alto aquilo que se quer ou se deve dizer (1918-1919. *J*, VII, 194).

✳

As melhores obras, contrariamente ao preconceito, devem ser feitas *a frio* — pois o furor em si e a impetuosidade são apenas desperdícios colaterais — elas não figuram nos resultados.

É por isso que a melhor luz é a luz *fria* (1919-1920. *K*, VII, 435).

---

[8] Reproduzido com variantes em *Autres Rhumbs, Tel Quel*, in: *Oeuvres II*, p. 636.

*

A desordem do espírito é criadora — mas ela dá apenas o novo embrião. A vida, e não o viável. É preciso carregar e dar à luz, após essa fecundação.

Ou, ainda, ela é o vendaval sem o qual não há relâmpago. O clarão não dura nada. Por suas luzes é possível ver, saber que existe tal campo — mas, em seguida, é preciso explorá-lo (1920. *L,* VII, 543).

*

Escritor[9] — o violinista, o ouvido colado na madeira e conduzindo seu amoroso arco, se faz um com o instrumento e com o próprio som. O instrumento de madeira se perde,[10] se esquece, cria-se entre o som e o artista uma troca direta.[11] Trata-se de um circuito fechado, um equilíbrio entre as forças dadas e as sensações recebidas. Ele recebe seus atos em seu ouvido.

> ele escuta a si mesmo mediante essa madeira

E o ciclo tem um sentido — desejo e ouvido. É um Narciso, esse violinista. Assim em todas as artes — a inspiração é o estado de troca de energia... Ressonância do prazer (1920-1921. *M,* VII, 668).[12]

---

[9] Passagem com a marca "Gl[adiator]" em cópia feita para classificar os cadernos.

[10] *vibra* – variante de cópia dessa passagem feita para classificar os cadernos:

[11] *casca, verniz, resina, ébrio* – Adicionado em cópia dessa passagem feita para classificar os cadernos.

[12] Na cópia desta passagem feita para classificação, há uma enorme complexidade de mudanças e de acréscimos. Além das registradas nas três notas anteriores, destacamos as seguintes variações entre colchetes: a) "... troca direta. [O homem escuta a si mesmo mediante essa madeira]. Trata-se de..."; b) "... ressonância do prazer – recebe o que dá [*Dois desenhos ilustram essa ideia de um circuito fechado*]". Além disso, alguns acréscimos são: a) "Virtuose – aquele que é só meios, perfeição dos meios, criador dos meios. Mas este é também imagens, modelo de estado unificado – estado de ressonância da palavra – as palavras carregadas"; b) "Um virtuose é a imagem de um *criando* – improvisando [...]; c) Sensibilidade extraordinária – sem necessidade de extremos nem de surpresas".

✳

Quantos artistas se perdem por medo de serem passionalmente eles mesmos, por ignorância de saber utilizar aquilo que acreditam ser suas fraquezas, por incapacidade de tirar das obras de outros a noção de sua própria especialidade — ou armas para utilizar seus próprios recursos! (1920-1921. *M,* VII, 701).

✳

Frase — Arte de escrever. Eu gostaria de ter a sensação do virtuose que, com o ouvido colado na madeira da viola, escuta sua própria mão e forma um anel fechado de sentido, com a louca impressão de que poderia percorrê-lo nos 2 sentidos. Escutar-se, produzir, unidade (1920-1921. *M,* VII, 768).

✳

Nós não temos nenhum sentido especial que nos ensine o prazer ou a dor de outrem. No entanto, mesmo esse outro que sente dor ou prazer não tem um sentido especial para eles (1921. *O, 19298, 46*).

✳

É preciso trabalhar para um Qualquer; e não para desconhecidos. É preciso visar um qualquer e, quanto mais o visamos nitidamente, melhor é o trabalho e o rendimento do trabalho. A operação do espírito só é inteiramente determinada se um qualquer estiver diante dele. Aquele que se endereça a um qualquer se endereça a todos. Mas aquele que se endereça a todos não se endereça a ninguém.

Trata-se somente de encontrar esse um qualquer. Ele dá o tom à linguagem, extensão às explicações, mede a atenção que se pode exigir.

Representar-se esse um qualquer é o maior dom do escritor (1921. *O*, VIII, 136).

✳

A extremidade.

Eis. Eis o último cume e a ponta extrema do mundo habitável. Você está no limite e no último passo que permite o retorno. Um a mais e você não poderá mais voltar. Observe a extensão, como ela é composta de mares diversos e de precipícios desenhados bizarramente!

Aqui a morte, a loucura, a indiferença, a liberdade o rodeiam. A felicidade é um desses abismos.

Tudo depende de um movimento inconsciente que você vai fazer.

Aqui, as causas mais pequenas são capazes dos maiores efeitos.

A menor impressão de todas, uma comichão qualquer vão sortear para você toda a sua sorte ainda em suspenso. Uma lembrança mal colocada, ou um esquecimento infinitamente breve (1921. O, VIII, 137).[13]

✳

Porque não sou romancista nem dramaturgo.

Para mim, a pessoa, as pessoas, a *vida* não têm o caráter de unidades. O personagem não é um elemento de meu pensamento; a intriga, a aventura, o caráter, os acontecimentos não ordinários,[14] as "histórias", as vicissitudes não são de meu domínio natural.

Minha própria carreira não tem interesse para mim. Só penso nela constrangido e forçado.

As milhares de histórias, até mesmo curiosas, de causos, de segredos que ouvi, eu os esqueci e lamento muitas vezes por isso, mas *minha memória* não é para eles — não funciona. *O que nossa*

---

[13] Reproduzido na seção *Éros* da edição Pléiade dos *Cahiers* (CHII, p. 424-425)

[14] Trecho riscado retirado: "... acontecimentos não ordinários, ~~não~~, as histórias, as vicissitudes..."

memória guarda de si mesma, eis a nossa substância, a carne de nosso interesse. É daí que é preciso deduzir nosso dom.

Para mim, o Senhor X não é um fato bem definido. Madame Y não é um objeto de reflexões e de combinações. Vejo de outro modo. Vejo "relações". Vejo ambientes, operações — atos, estados. Um personagem me parece uma fabricação. Retenho apenas observações dele, difíceis de reunir — e vejo uma pessoa apenas por síntese (1921. *O*, VIII, 138).[15]

✳

Quem eu pareço aos seus olhos, quem você parece aos meus, não têm comércio entre si. Quem eu pareço aos seus olhos e quem você acredita ser; quem você parece aos meus olhos e quem eu creio ser, constituem duas sociedades, dois casais, que devem ser bem diferentes, incomparáveis (1921. *O, 19298, 51*).

✳

Onde estaria a especialidade do artista se ele não considerasse certos detalhes como invioláveis?[16]

— Assim, a alternância de rimas masc[ulinas] e femininas — nenhuma impetuosidade que deva respeitá-la. *Isso* é irritante, *isso* é uma chinesice, mas, sem *isso*, tudo se desfaz (1921. *P*, VIII, 274).

✳

Minha mania. O "segredo" da prosa. Mas mania ou instinto daquilo que há a se fazer (Por que não esse *instinto*, dado que... não sabemos o que são os *instintos*? — Isso seria bem curioso de estudar. Seria necessário religá-lo a essa espécie de "vertigem" que notei certa vez, vertigem que impele a criança a mexer naquilo que é feito para

---

[15] Reproduzido na seção *Littérature* da edição Pléiade dos *Cahiers* (CHII, p. 1188).

[16] Reproduzido com variantes em *Calepin d'un poète, Variété*, in: *Oeuvres I*, p. 1454.

ser mexido — a abrir a gaveta, a quebrar o *frágil*, a mostrar a língua (pois ela é mostrável —) etc. etc., em suma, a fazer tudo, a despender o máximo de energia — — —

Logo, também um instinto de tentar o que não foi feito e se mostra como possível.)

Volto à mania. Construir em prosa — pela divisão das partes do discurso.

Definição — Lema, Axioma, Teorema etc. — isso se assemelha à divisão do edifício, coluna, arquitraves, entablamento, cornijas.

A liberdade não permite a edificação.

Mas o elemento de discurso é suscetível de tal divisão convencional (invisível ao leitor) que lhe daria uma potência, uma *clareza*, uma beleza, uma solidez desconhecidas.

Os dados quantitativos — inteiramente a determinar — Não se fez nada nesse sentido (1921-1922. Q, VIII, 375).

✳

As metáforas causam uma alegria *infantil*... Observei em mim mesmo que é possível se dispor a encontrá-las tal como se aprende tiro ao alvo com uma pistola.

Porém, mais preciosas são as analogias, — as comparações fundadas sobre a estrutura, que permitem um modo de raciocínio e uma variação correspondente de seus termos. Analogias funcionais. —

Umas e outras são casos particulares de transformações gerais. O *grupo* geral dessas transformações é o "sistema nervoso" (1922. R, VIII, 567).

✳

Ρυθμος   O ritmo é uma *figura sucessiva*. (solidariedade)
ritmo é muscular —
recuperação

O *ritmo* é para o Ser o que o *número* é para o Conhecer

Quanta $\qquad\qquad\qquad$ $12 = 6 + 6 = 3 + 9 = 2 + 10$
reconhecer
(recobrir o espaço) construir o tempo
reproduzir
assimilação
variedade
troca entre a espera e o ato — *Regime*
memória imediata — restituição

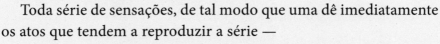

Toda série de sensações, de tal modo que uma dê imediatamente os atos que tendem a reproduzir a série —

implica que *tal* série de sensações é percebida *como série* ao se perceber certos atos ou movimentos ligados entre si, que definem a palavra *série*

Quando as sensações não estão muito distanciadas, a seguinte é religada à precedente e tende a excitar com o resto da outra *um* estado *motor*

Donde solidariedade da *figura sucessiva* — *uma parte dá o todo*, logo repetição.

(1922. *R, 19301, 52*)

※

Do lado do autor — Variantes.[17]

Um poema jamais é acabado. É sempre um acidente que o termina, ou seja, que lhe dá ao público.

A lassidão, o pedido do editor — o impulso de outro poema.

Mas, se o autor não é um tolo, jamais o estado próprio da obra deixa de mostrar que poderia ser impulsionado, mudado.

---

[17] Reproduzido com variantes em *Littérature, Tel Quel*, in: *Oeuvres II*, p. 553.

Concebo, quanto a mim, que o mesmo tema e quase as mesmas palavras poderiam ser retomados indefinidamente e ocupar toda uma vida.

"Perfeição".

É *trabalho* (1922. *S*, VIII, 657).

∗

O exercício da poesia laboriosa me acostumou a tomar todo discurso e toda escritura como um *estado* de um trabalho que pode quase sempre ser retomado e modificado; e esse *próprio trabalho*, como algo de valor próprio, geralmente muito superior àquele que o vulgo atribui somente ao *produto*.[18]

O produto é certamente a coisa que se conserva e que tem, ou deve ter, um sentido por si mesmo e uma existência independente; mas os atos dos quais ele procede, à medida que *reagem* sobre seu autor — nele formam outro *produto* que é uma pessoa mais hábil e mais possuidora de seu domínio-memória.

Uma obra jamais está necessariamente *finalizada*, pois aquele que a fez jamais está realizado e a potência e a agilidade que ele retirou dela lhe conferem precisamente o dom de melhorá-la, e assim por diante. *Ele retira da obra o que é preciso para apagá-la e refazê-la* — Pelo menos, é assim que um artista *livre* deve olhar as coisas. E vir a ter por obras satisfatórias apenas aquelas que lhe ensinaram alguma coisa a mais.

Essa visão não é aquela dos amadores ordinários das obras. Ela não saberia lhes convir.

— Mas eu escrevi tudo isso seguindo, a partir de meu começo, outra via do que aquela por onde pensava inicialmente me engajar, por esse mesmo começo.

Eu desejava falar sobre os filósofos. E aos filósofos. Desejava mostrar-lhes que seria infinitamente proveitoso praticar essa laboriosa

---

[18] Reproduzido com variantes em *Calepin d'un poète, Variété*, in: *Oeuvres I*, p. 1450-1451.

poesia. Ela conduz obstinadamente a estudar as combinações de palavras não tanto pela conformidade das significações de certos agrupamentos com uma ideia ou pensamento tido como algo a se *exprimir* quanto, inversamente, por seus efeitos uma vez-formados, dentre os quais se escolhe.

Em geral, tenta-se "exprimir seu pensamento", ou seja, passar de uma forma *impura* e misturada de todos os meios do espírito a uma forma *pura*, ou seja, somente verbal, e organizada, que se reduza a um sistema de atos ou de contrastes arranjados.

Mas a arte poética conduz singularmente a considerar as formas puras nelas mesmas (1922. *T*, VIII, 773-774).

✳

A arte de escrever implica uma organização do espírito que permita retomar de mil modos "a ideia" e repensá-la até encontrar uma figura favorável de palavras (1922. *U*, IX, 49).

✳

Matemática. Existe *matemática* quando se pode realizar com sucesso a substituição de um objeto de pensamento ^(corpos sólidos) por um sistema de atos.

Ora, os objetos de pensamento que melhor se prestam à substituição são as pluralidades e, em seguida, as extensões homogêneas; daí vem a tendência de considerar a matem[ática] como ciência dos números e da grandeza.

Mas isso é um erro. É o contrário. Quando faço uma adição de números ou de segmentos, seus *quanta* não me importam. As operações não dependem deles e é precisamente nisso que a matemática é possível[19] (1922-1923, *V*, IX, 68).

---

[19] Reproduzido na seção *Mathématiques* da edição Pléiade dos *Cahiers* (CHII, 795).

Número — —

Esse marceneiro não sabe contar.

Pediram-lhe para colocar persianas em todas as janelas de uma casa. Ele poderia fazer algumas, colocá-las e completar a falta; ou levar consigo o excedente. Ele pode pegar pedras e colocar uma sobre cada janela. Em seguida, retomá-las e levá-las em um saco. Fazer suas persianas — cada vez que ele termina uma, jogar uma pedra. Ele não precisa conhecer o número. Resolveu o problema: tanto de — quanto de. Se ele se tornar vidraceiro e houver diversos vidros para cada janela, ele empregará 1º pedras, 2º sementes.

Tanto de pedras quanto [de] janelas; tanto de sementes quanto de vidros — ele empilhará os vidros que tiver talhado, tantas camadas quanto de pedras (vê-se que ele distingue o multiplicando do multiplicador). Ele procede, uma após a outra, após a outra, e não uma segunda, uma terceira.

O número é o nome de uma pluralidade de que só se consideram as propriedades de corresponder unidade por unidade, objeto por objeto, a uma outra pluralidade.

É o nome comum a todas as pluralidades que se aplicam uma à outra[20] (1922-1923, *V*, IX, 115).

※

Lit.

Trabalho e seus efeitos

Mallarmé — deduz simplesmente do trabalho sobreposto — Efeitos da retomada e da ruminação de uma obra. Crítica pessoal indefinidamente renovada. Relações que se percebem. Acréscimo

---

[20] Reproduzido na seção *Mathématiques* da edição Pléiade dos *Cahiers* (CHII, 795-796).

de conexões. Obscuridade. Hábito contratado de não mais aceitar do acaso partes de obra que não sejam comparáveis às elaboradas — Rarefação.

Ligação do pouco e do obscuro e da "perfeição" (1922-1923. *V*, IX, 118).

∗

Lit.

São coisas profundamente diferentes ter "gênio" e fazer uma obra viável.[21] Todos os arrebatamentos do mundo levam somente a elementos discretos.

Sem um cálculo justo a obra não vale — não *funciona*. Um poema excelente supõe uma multidão de raciocínios exatos. Questão não somente de *força*, e não tanto de *forças*, mas de aplicação de forças. E aplicadas a *quem*? (1922-1923, *V*, IX, 129).

∗

Clássicos

São também esses autores que sempre dominam sua obra — ou seja, seus nervos, suas fraquezas — e que preservam o comando e o espírito.

Mas ocorre de a dominação dominar demais: e a poesia definhar em benefício das marcas externas da ordem, do gosto... Desse modo, se imita apenas a disciplina aparente, como se ela valesse por si mesma, abolindo os instintos contra os quais ela deve existir (1922-1923, *V*, IX, 159).

---

[21] Reproduzido com variantes em *Littérature, Tel Quel*, in: *Oeuvres II*, p. 566.

✳

A obra se determinando mais e mais se impõe mais e mais ao seu autor. Ela o faz agir, faz dele um escravo. Ela se torna algo cujas exigências crescem.

Como aquele que adentra insensivelmente um país montanhoso e perde pouco a pouco sua liberdade de movimentos — nem avançar nem recuar.

A obra comanda a sequência de atos dos quais os primeiros a comandaram.

O verso exige seu irmão rimador.

Tudo se passa como em uma curva analítica. O possível diminui, *como se ele fosse quantidade limitada.*

(1923. *Y*, IX, 498)

✳

O trabalho habitual do verso, a manobra que conduz à perfeição, faz com que se acostume às mudanças de palavras, às supressões, às substituições, que, por sua ocorrência afortunada e tão frequente, deslocam o ponto de vista do escritor e lhe fazem pensar legitimamente que o objeto inicial, o desenho primitivo de seu poema não são essenciais; que se pode e se deve abandoná-los, caso uma chance de se distanciar deles se apresente. Eles são apenas condições de *começo* — uma primeira entrada no jogo. O ocorre então de se colocar no ato modificador da linguagem, e mesmo na própria linguagem, o principal de sua atenção.

Em suma, ele compreende ser o *fim obtido pelos meios*, e não o fim que sugere[m] o desejo inarticulado e a ocasião primitiva, ou a emoção — o importante (1923. *Z*, IX, 647).

✳

80 p[áginas] x 32 l[inhas] x 50 letras

Tenho de fazer (para colocar discursos em torno de gravuras de Beltrand) um texto... as gravuras compreendem 3 + 1 + 4 pranchas — 4 menores, 3 maiores, 1 importante. Há 40 páginas grandes a fornecer. Calculo $40 = 3x + y + 4z$ e obtenho $x = 7,05$ p[áginas]; $y = 9,4$; $z = 2,35$ — cifras a arredondar — $x = 7$; $y = 10$; $z = 2$ + de página.

Vou tentar cumprir essa tarefa, que deve ser muito bem paga e da qual não vejo absolutamente o conteúdo, por aproximações sucessivas a partir de condições quantitativas.

Não sei o que dizer e espero chegar ao texto pelo exterior. Encontrar alguma necessidade nas condições de dimensão e seguir então com o desenvolvimento de ritmos. Esses ritmos devem ser engendrados pela divisão e as subdivisões de cada parte — e engendrar seu conteúdo final.

Esse percurso paradoxal é, no fundo, o percurso verdadeiro — aquele que seria geral em literatura, sem as ideias falsas, vagas, preconcebidas sem exame, que reinam nesse reino do absurdo.

Pois se trata de ligar duração, fundo e forma da construção. Gostaria de fazê-lo — Questão de humor, de força física, de circunstâncias.

Seria bem interessante fazer isso sem se distanciar um instante da fabricação sistemática, sem fornecer nada que não fosse necessidade pelas condições formais — o que supõe uma multiplicação dessas condições, uma ramificação ou arborescência de sua precisão.

Essa criação artificial é no fundo a *natural*. Aquela que não exige nenhuma intervenção exterior nova.

Uma semente e um solo apropriado, com boa temperatura, luz e água, fazem uma árvore. *O desenvolvimento da árvore é então como uma queda do possível no ser.*

Mas o *processo* romântico geral em literatura é uma monstruosidade — Pois a insuficiência da análise e o inchaço grosseiro dos qualificativos dados à obra e ao autor atribulam e embrulham o que há de verdadeiro na noção de *movimento de criação*. (É assim com a própria palavra *criação* — emprestada de Deus e que já a embaraça bastante).

"A inspiração", o *fato estranho a qualquer um*, que toma qualquer um como agente de execução e instrumento de música — torna-se coisa clara ou suficientemente clara, verdadeira ou suficientemente verdadeira, caso se observe que as condições adotadas e conservadas *provocam* o que as satisfaz e que elas são satisfeitas à proporção da precisão de seu enunciado, de seu número (exato — ou seja, nem maior nem menor do que o necessário, *de tal modo que a variação seja igual à unidade*) — e, enfim, da obediência cega da pessoa-instrumento. Ela concebe então à medida que é constrangida e submetida a essas *restrições estrangeiras* postuladas por ela e que se tornam sua *linha de universo*. Ela tomba em direção à obra, termina com o arbitrário e não é mais atraída senão pelo que é necessário e avança sempre rumo à meta.

Essa é uma pessoa que vai a algum lugar e pode pensar em outra coisa, sem perder tempo, nem perder o objeto.

Vê-se com tudo isso o erro e a verdade misturadas no conceito literário usual — Etc. (1924. βήτα, IX, 905-906).

∗

Filosofia, estudo (sem o saber) das transformações *de pontos de vista* e das transformações verbais que as acompanham. E a poesia, estudo (mais consciente) das transf[ormações] verbais que conservam os impulsos iniciais (1924. βήτα, IX, 924).

✳

Descrição — os espetáculos mais familiares são os mais estranhos caso se deixe passá-los aos seus olhos — e somente aos seus olhos. O que o olho vê único e estranho e de uma só vez, o espírito faz ordinário e conhecido — ou seja, metade *invisível*.

O que o olho vê é de algum modo *infinitamente particular* (1924. Γάμμα, X, 170).

✳

A preparação de uma obra consiste em se dar, com muito labor, a liberdade de executá-la com leveza (1924. Δέλτα, X, 282).

✳

Confusão do estado que deseja, chama e *sonha* o verso com o estado de *fazer* esse mesmo verso (1924. Δέλτα, X, 286).

✳

O entusiasmo não é um estado de alma do escritor. As pessoas não gostam dessa proposição.

Elas desejam que o engenheiro que constrói uma locomotiva a construa estando ele mesmo a 110 por hora.

Mesma "ideia" entre os 1830 quando acreditaram que as catedrais foram construídas por multidões desatinadas, ébrias de fé e de cânticos — com seus vãos mais elevados erguidos por seus votos, pouco importa a estática e ao diabo com a estereometria! (1924. ε. *Faire sans croire*, X, 329).

✳

Nossos[22] estados mais preciosos são instáveis;[23] (aos quais responde o artista que tenta fixá-los[24] ou fixar suas coordenadas) (1924-1925. ζ, X, 487).

✳

Teste

Anular todos os efeitos de ordem teatral — Todos os efeitos de choque, de surpresa, tudo o que só é possível diante do público numeroso e supõe a polarização dos olhos, a ausência do tempo para exame, "o entusiasmo" (algo delicioso em si, suspeito em seus efeitos — confusão entre o que se sente, o que se faz, o que se quer fazer sentir — ilusão de criação direta pelo desejo —) (1925. η. *Jamais en paix!*, X, 546).

✳

W

Não está mais tão longe o tempo em que será possível fazer obra de arte estipulando, desde a origem, que a obra satisfaça a $p + q$ condições simultâneas, sendo p as *formais* e q as *significativas*.

A. formais, ou seja, *extensão*, tom, enumeração de meios ou elementos *permitidos* ou *interditados* — condições convencionais — mudá-las ou repeti-las — tais efeitos — distribuição de máximos e mínimos — ou seja, o *real* —

B. significativas, ou seja, o *imaginário*, as coisas, o tema, o resumível, a parte em que se deve acreditar, imitativa,

---

[22] *não sei* – adicionado no cabeçalho de cópia desta passagem feita para classificar os cadernos.

[23] *raros e instáveis por serem preciosos ou preciosos p[or] serem instáveis? A aleg[ria] mais aguda se durasse seria decerto mortal* – Adicionado em cópia desta passagem feita para classificar os cadernos. Entre "decerto" e "mortal", há uma palavra de leitura incerta.

[24] *ou fabricar o que os restitui à vontade* – Variação anotada em cópia dessa passagem feita para classificar os cadernos.

e essas condições distintas, independentes tornadas dependentes pelo artifício e pela vontade que são propriamente *Arte* — estando bem definidas, relacionadas a um tema-padrão, corpos e possíveis. Um *cálculo* deverá ocorrer p[ara] torná-las dependentes e obter a aparência que se busca. Pois fazer uma obra de arte consiste em construir uma aparência (1925. *η. Jamais en paix!*, X, 658-659).

∗

As obras feitas com as maiores restrições exigem e engendram a mais intensa liberdade de espírito (1925. *θ. Comme moi*, X, 731).

∗

A concepção grosseira conhecida sob o nome de *gênio* envolve a ideia tentadora de facilidade, a pessoa genial se permitindo vomitar essa genialidade tal como uma fonte alimentada pelo universo. Mas isso me enoja. Admiro, pelo contrário, a ideia de um trabalho voluntário, finito, entre elementos reconhecidos e verificado por sua adaptação a um problema definido[25] (1925. ᾽Ιῶτα, XI, 56).

∗

A ideia — ou melhor o fantasma, a aparência de ideia — que se chama: — gênio — (e outras dessa natureza) é a sobrevivência, no domínio das fabricações artísticas ou literárias ou científicas, de uma mistagogia ingênua, que desapareceu de outros domínios. — Ela se liga à ideia de criação ex nihilo. [...] (1925. ᾽Ιῶτα, XI, 61).

---

[25] *facilidade monopolizada* – variação anotada em cópia dessa passagem feita para classificar os cadernos.

✳

"Criação artística"

A criação pelo artista — na sua fase espontânea, reflexa —
me parece comparável a uma retomada de equilíbrio ou o enchimento de um vaso por um gás.

Há um *vazio* que pede — chama — esse *vazio* pode ser mais ou menos determinado — pode ser certo ritmo, — uma figura-contorno — uma questão — um estado — um tempo diante de mim — uma ferramenta, uma página branca, uma superfície de parede, um terreno ou localização (1925. Ἰῶτα, XI, 74).

✳

A questão da liberdade só se coloca quando se quer exprimir a possibilidade de retroceder o "curso da natureza".

O ato *contra a natureza* (não compreender mal), o ato que é comparável à subida de um peso - pelo qual aparentemente o agente, o aparelho atuante, é isolado das forças nascidas das circunstâncias para lhe aplicar forças contrárias (pois não há *composição* de forças) - é dito ou creditado como *livre*.

Ora, o humano é o único animal que parece poder dispor dessa "liberdade" –aparentemente ligada a suas propriedades de *previsão*. E umas e outras devem depender da existência de funções *independentes*. O olho é previsão / profeta em relação ao tato, por meio de uma educação e uma transformação. A previsão supõe uma *dupla visão*, uma visão do que é tangível, uma visão do que o será. Mas esta exige memória (para a educação-interpretação). Essas 2 visões são simultâneas ou como que simultâneas e devem se resolver em 1 só. O visível se fazendo tangível.

É sobre a independência das funções que se constrói aquela da entidade Eu [*Moi*] com as impulsões

Agir em sentido contrário da excitação

Se o prego que se martela a cada batida saísse da placa um pouco mais (1925. χαππα, *19319, 2*).

✳

Liberdades. Foi a crença de que a cabeça de uma pessoa contém de vez em quando uma *causa primeira* — ou tantas causas primeiras quanto a ocasião o requisite (pois ninguém chegou a sustentar que alguém é livre o tempo todo). É, portanto, a ocasião que provoca a entrada em função da causa primeira, ou a criação de uma causa primeira. Donde se segue que ela não é tão primeira quanto se acredita (1925. χαππα, *19319, 2*).

✳

Escolher é encontrar uma necessidade que não era nada evidente ou presente. "Escolher ao acaso", como se diz tão mal às vezes, não é senão remeter à necessidade da menor ação local da fala ou do gesto o cuidado de designar um objeto.

Em sentido inverso, é possível convocar (para encontrar a necessidade) fatores cada vez mais numerosos, relé — —

Em geral, escolher é precisar consequências, problemas; *é o ato de tornar necessário o que não o é por si mesmo.*

É fazer produzir um movimento por uma excitação que é incapaz disso (1925. χαππα, *19319, 2*).

✳

Toda a questão da liberdade e da escolha repousa sobre a distinção ou a diferença entre o ato externo e o acontecimento interno. A separação, p[or] ex[emplo], é impossível quando o ato é mais rápido que certa duração ε. O ato cujo desdobramento se faz em $t < \varepsilon$ jamais é *livre*. E é irreversível.

Em vez de dizer *livre*, por que não dizer *reversível* — equilibrado (1925. χαππα, *19319, 3*).

✳

Sempre busquei fazer do trabalho literário — uma espécie de *cálculo*. Afinal, trata-se de executar uma obra aplicada — casa, ou máquina.

Separei com o máximo de nitidez o trabalho de fabricação dos efeitos sobre o *paciente* — bem como dos seus impulsos e dos seus modos de operação no *agente*.

Há uma confusão imemorial (e desejada) entre essas coisas. Entre as causas dessa confusão, esta condição curiosa — que os efeitos da máquina literária dependam, em parte, da ignorância de seus mecanismos pelo paciente — e até mesmo — pelo agente! O milagre só se realiza por um taumaturgo que nele creia e por um ingênuo que o constate.

(Fui conduzido a essas visões atrozes por circunstâncias pessoais, vividas aos 20 anos, renovadas desde então. Essas circunstâncias me obrigaram a me defender de minha sensibilidade que me fazia sofrer e a me erguer, a depreciar, a acusar a tolice das coisas ~~mentais~~ internas seja quando elas fazem bem ou mal. Lutei contra o império delas, que se deve a um mecanismo *normal* de confusão — de abuso — uma espécie de *trambique com o real* — e, tão estranho, que engendramos "forças" para aumentar sua potência de fazer mal em nós (1925. χάππα, XI, 84, *19319, 6*).

✳

Uns adoram, outros odeiam o que surge neles apesar deles. Eu detesto ou desprezo o pensamento inspirado, pois não sei de onde ele vem.

E, acima de tudo, sei bem que *seu valor depende inteiramente do juízo que faço sobre ele* (1). Faço *depois* o trabalho que não fiz *antes*. Pago com crítica o que ganhei de inspiração. E são as modificações e esse juízo que valem e contam. Se ganho algo, meu *mérito* está em reconhecer se ele é verdadeiramente algo belo

(1) Essa é a definição da crença em geral (1925. χάππα, XI, 85).

※

Fala-se de Inspiração, de gênio etc., quando um ato tem os caracteres "físicos" do automatismo — prontidão, imediatez, ausência de tensão — *exatidão*, perfeição; e tem, por outro lado, as virtudes do ato meditado — ou seja, feito expressamente, adaptado singularmente a um caso singular (1925-1926, λ, XI, 171).

※

O sentimento de artista e de poeta em literatura consiste em perceber a pluralidade de valores em cada palavra ou expressão, e em tentar se servir dessa multiplicidade (1925-1926. λ, XI, 172).

※

Poesia "pura" —
Que debate essas palavras inocentes criaram! — Eis ainda outra interpretação — talvez mais interessante — desse rébus — (Conjunto de sentidos possíveis).
Pretendi — sustentei — comigo mesmo alg[uns] anos atrás que o assim chamado *ornamento* podia ser ligado a um tipo de criação "espontânea" e *local* dos órgãos dos sentidos, — ao menos daqueles que são suficientemente ricos em determinações distintas e que são ligados de modo suficientemente claro às nossas faculdades motrizes — audição, visão etc.

Logo, os jogos desses receptores são emissão. A retina *livre* — o ouvido desocupado — *produzem* aquilo que eles adoram *consumir* e, de alg[um] modo, chegam a uma atividade própria de se contemplar — o que implica uma ligação entre seus estados — contrastes, *melos* — desenvolvimentos próprios — periódicos.

Em suma, penso que todo sistema desse tipo é capaz tanto de fornecer quanto de receber — esses 2 termos sendo os extremos de uma mesma coisa, que se respondem. Impossível escutar sem ouvir qualquer coisa, ou olhar no escuro sem *ver*.

A visão ordinária e a audição — são percepções interrompidas pela ação exterior — — que faz apelo ao conjunto do ser — por isso, a ação se torna "exterior" e invoca o *real*.

Haveria, portanto, uma consciência pura. A consciência do real é feita de uma infinidade de fragmentos da consciência local pura — e o universo real é composto de elementos tangentes dos quais cada um pertenceria a um domínio de escalas (universos ideias tangentes)[26] — desse modo, a cor de um objeto seria, ao mesmo tempo, uma característica desse mesmo objeto prolongado no real por outra cor qualquer e, também, por outro lado, elemento de um grupo colorido provido de propriedades ordenadas, contrastes etc.

Assim, todo aspecto real se apresenta em geral como *desordem* de uma ordem ligada ao ser fisiol[ógico].

— Bem, supondo que a faculdade da linguagem tenha as mesmas propriedades de um sentido completo (emissão-recepção), como acabei de defini-lo, então a poesia pura seria para o discurso em geral aquilo que o ornamento puro é para o real sensível.

— Essas observações sugerem o novo conceito de sistemas simétricos "emitir-receber", que representam a verdadeira atividade dos sentidos, considerada em seu funcionamento. O próprio sentido é um ponto múltiplo.

Receber o que se deseja — Desejar é *emitir*. A emissão guia e engendra a ação (1925-1926. λ, XI, 256-257).

---

[26] O trecho entre parênteses é um acréscimo marginal.

*

Lit.

O que melhor, mais simplesmente distingue a literatura das outras disciplinas — — e mesmo das artes do desenho — é a *descontinuidade*, a licença para abandonar a coisa ou a ideia — a passagem e, contra essa licença, diversos esforços ou meios para fazer a obra se voltar sobre si mesma e se encerrar *formalmente* — em vez de se fechar apenas por esgotamento de seu *objeto* ou de seu *tema*, ou seja, por uma circunstância *exterior, estranha* — ao funcionamento da atividade leitora ou auditiva (1925-1926. λ, XI, 259).

*

O prob[lema] literário geral é ligar (1925-1926. λ, XI, 299).

*

Alf.

Mundo dos encantos e surpresas

Muitas coisas nos surpreendem, são maravilhosas e, se assim quisermos, todas o fazem, todas são.

Basta colocar-se ou ser colocado em *certo estado*.

Logo, existe tal estado. É jogando com esse estado depois de tê-lo provado algumas vezes que o poeta, o artista, o filósofo, o cientista tentam completar seu Conhecimento admirável, sua surpresa e excitar sua vontade de definição, o frescor de seu olhar, a virgindade de suas denominações, a inocência de seus desenhos etc.

Portanto, há uma possibilidade de um *mundo todo de surpresas* e outra possibilidade de um *mundo sem nenhuma surpresa*, ou seja, uma espécie de *variável de 2 valores*, entre os quais oscila o quid — o que é um tempo-estado.

Ora, há surpresas de tempo puro — contrastes.

Em suma, vejo entre intervalos de tempos, ou durações — — diferenças intensivas, esperas de toda ordem de relações. Continuidade — sensibilidade.

É possível conduzir todo fenômeno por um caminho sem surpresa? (1925-1926. λ, XI, 300, *19320, 111*).

(1926. *µ, 19321, 4*)

Continuidade e descontinuidade sensíveis, observadas, dependem da escala ou da unidade de duração (1926. *µ, 19321, 12*).

*

(1926. μ, *19321, 10*)

*

du = nf (v) du

"A associação das ideias" — a transmissão irracional (como digo) permanece o grande mistério —

Ela comporta um problema de probabilidades — e mesmo um duplo problema.

De início, um aspecto estatístico —

Em seguida, um problema de probabilidades [a posteriori] [ou causas de] chegada de um acontecimento cujos possíveis são infinitamente numerosos —

Por hipótese, as chances de chegada são iguais —

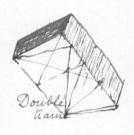

DUPLA TRAMA

No fundo, a questão é a seguinte: que natureza supõem essas "ideias" para se *chamar* assim? — são acontecimentos ligados pelo acontecimento. Acontecimentos *significativos* ligados pelo acontecimento *formal* de sua produção um pelo outro. Além disso, parece que a significação deles não entra em jogo nessa ligação — Essas ligações são recíprocas — Como acontecimento significativo — "a ideia" é escolha — origem (1926. *µ, 19321, 15*).

*

Às vezes fica tedioso não fazer nada... *de essencial* — e isso causa um tormento singular (como se alguma coisa o fosse!).

Esterilidade — ¾ do bom trabalho são despendidos em recusas (1926. *µ, 19321, 19*).

(1926. μ, 19321, 26)

*

(1926. μ, 19321, 27)

*

Uma frase é uma espécie de ato onde há o convencional, o singular ou individual, o humano, o circunstancial. Esse ato é um movimento (...)
Escrever, —
Resolver uma nebulosa interna

Quantidade de presença mensurável pelos tempos de resposta

2 fontes do tempo longo
   1. toda resistência à mudança
   2. toda resistência à constância (1926. μ, XI, 356, *19321, 32*).

*

(1926. μ, *19321, 35*)

A consciência — sua produção é um reflexo.

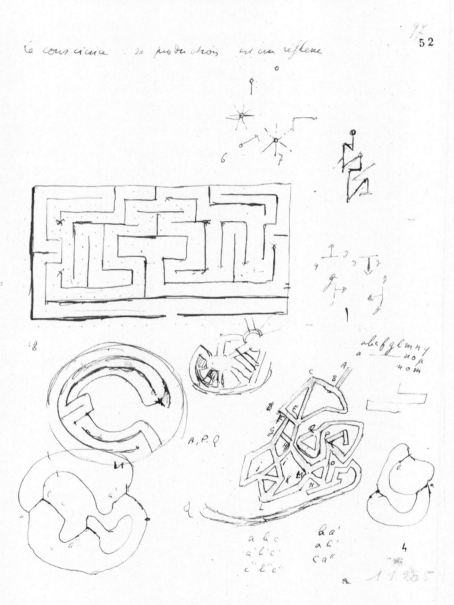

(1926. μ, 19321, 52)

*

Memória sobre a memória — pontos duplos
— Há *pontos duplos* na memória. P[or] ex[emplo]: acontece de uma impressão se encaixar neste momento tão bem ontem quanto anteontem, e há ambiguidade. É possível seguir ou retroceder de 2 maneiras. Do mesmo modo, acontece muitas vezes, ao me relembrar de um poema, errar o caminho em um certo ponto e de me reencontrar à montante, encadeando a série a partir dela mesma.

O que essa observação prova? Ou o que ela sugere? (1926. μ, *19321, 54*).

*

A memória não se perde. A lembrança é indelével.
É o caminho da lembrança que se perde, a... sinapse. Cuja virtude é variável — de 0 a 1, como a *probabilidade*.
— A qualificação de uma intervenção mental sob forma de lembrança é também uma variável.
(1926. μ, *19321, 54*).

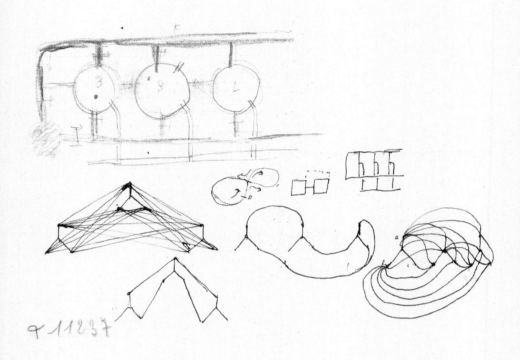

(1926. μ, *19321*, 68).

*

$$y = f(x)$$
$$x = \varphi(y)$$

O triunfo da análise o triunfo da quantidade (*composição de grandezas*) não se deve senão à evidenciação, à *purificação* da ideia fundamental de *dependência recíproca*.

Essa reciprocidade — que limita a troca do método — é capital, pois somente ela permite operar formalmente em toda potência.

Ela é o fato de poder escrever.

Não há grandeza isolada (1926. μ, *19321*, 69).

*

θ

A pessoa mais convencida, a mais polarizada em algum modo de sentir e de pensar, às vezes se esquece, volta a ser, por distração, página branca — apta a receber. Há uma trégua curta em sua irreversibilidade, um instante em que ela é capaz de seu contrário, em que ela volta a ser *sensível* — em que a placa de impressão é regenerada —

Desse estado ela desperta — e lhe é preciso certo esforço para reencontrar sua particularidade, reperder sua generalidade, reacreditar, reespecializar seus sentimentos, redividir sua justiça, ser novamente de seu partido — retomar suas convicções.

E isso ocorre nos momentos em que a memória, o automatismo está menor — nos confins da vigília e do sono, quando ela não se lembra ainda por completo nitidamente *quem* ela é, pois "*quem* eu sou" é uma função especial do despertar, uma propriedade que deve ser excitada — pois nada está dado.

Ora, essa remissão da doença de ser si mesmo é, em suma, uma possibilidade de *liberdade* — uma chance de voltar no tempo, de voltar ao estado virgem ou maleável — de se abrir outra vida. Mas esse retorno ao ponto múltiplo é instável, efêmero (1926. *μ, 19321, 73*).

*

Sensações

                              da desordem a alguma ordem
                              da ordem ao ato

Volume representa intensidade
— figuras representam espécies

Percepções

 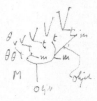

(1926. µ, *19321*, 74).

*

No microscópio, não há mais plágio, somos feitos de empréstimos — bem acabado é quem reconhece a si mesmo em si mesmo. O melhor, o mais preciso em nós, o que cremos ser assim — é aquilo que acreditamos não mais poder modificar — o que nos é dado — e sai de nós independente de nós (1926. µ, *19321*, 74).

*

O labor supremo do artista é criar em sua obra a aparência da virgindade (1926. v XXVI, XI, 442).

*

As restrições, regras externas arbitrárias, obrigam a encontrar relações e combinações situadas fora do campo de espírito criado pela necessidade imediata.

Elas nos fazem explorar regiões imprevistas e compelem a combinar condições independentes (1926. σ XXVI, XI, 818).

＊

As belas Obras são filhas de sua forma — *que nasce antes delas*[27] (1926-1927. τ 26, XI, 898).

＊

Inspirados — querem usar o canhão sem se preocupar com a pontaria (1926-1927. τ 26, XII, 37).

＊

Problema das 3 batidas

O problema mais difícil é o de conceber como podemos perceber a igualdade de tempos — p[or] ex[emplo] dos intervalos tidos por iguais entre batidas percussivas.

É preciso admitir que cada batida provoca alguma coisa e que a seguinte responde à precedente como um *reflexo* — Reflexo criado — instantâneo — muito importante p[ara] a teoria da memória. Se o intervalo é maior que ω, nada de igualdade. Não há ato provocado por (1) que tenha sua resposta em (2).

Logo: se 3 acontecimentos idênticos são percebidos em intervalos de reflexo (simples ou múltiplo), uma espera de reflexo é criada, e um 4º acontecimento é *esperado*, definido.

Então, os "tempos" são "iguais" é uma maneira de falar — eles são idênticos. Ou melhor: existe unicamente um *tempo*, um *intervalo* DR [Demanda-Resposta] de tal *intensidade*.

E, se todas as outras sensações fossem anuladas, o intervalo das batidas 7-8 e essas próprias batidas seriam indiscerníveis do intervalo 9-10 — ou de qualquer outra das batidas DR

Pois tais batidas *respostas* são transformadas pela batida seguinte em *demandas*.

---

[27] Reproduzido sem variantes em *Choses Tues, Tel Quel*, in: *Oeuvres II*, p. 477.

— Quanto à *intensidade*, eu a designo assim — o próprio intervalo à medida que pode ser diferente. A *tensão* do intervalo cresce até um limite para além do qual a batida *seguinte* não tem mais relação com a *precedente*. E, em sentido inverso, se as batidas são aproximadas o contínuo se aproxima...

Na realidade, quando se percebem batidas ou sons sucessivos, forma-se em nós uma espécie de máquina muscular-imaginária que tende a agir seguindo um ciclo motor.

Ora — e esse é o ponto capital de minha teoria — a todo ato *isolado*, formando um ciclo completo e podendo se repetir, corresponde a sensação ou percepção de uma duração característica — uma *constante*. Essa constante percebida é para nós signo da execução mais econômica. O mesmo ato pode ser mais ou menos acelerado, mas há uma duração optima (1927-1928. χ, XII, 453-454).[28]

$$*$$

Sábado, 28/01/[1928]
Sessão na Sorbonne — Sociedade [de] Filos[ofia] — é preciso improvisar. Langevin, Hadamard,[29] Delacroix.[30]

Terminei por declarar meus direitos e confessar minha ideia.

Fazer por ordem.

Mais me importa o fazer que seu objeto.

É o fazer que é a obra, o objeto que é, a meus olhos, capital,[31] pois a coisa feita não é mais do que o ato de outro.

Isso é Narciso puro.

Mas ainda é possível dizer que isso também é o mais proveitoso para os outros...

— Também o *fazer* por condições, por *a priori*.

Tipo ideal da obra inteiramente *deduzida*.

---

[28] Reproduzido na seção *Temps* da edição Pléiade dos *Cahiers* (CHI, p. 1329).
[29] Jacques Hadamard (1865-1963), matemático eminente, especialista em análise infinitesimal.
[30] Henri Delacroix (1873-1937), psicólogo e filósofo.
[31] Frase com a classificação "Gl[adiator]" adicionada na margem.

Chega-se, por fim, a colocar o ato do produtor como objeto mais importante que o produto.

E o paradoxo, digo: Nada mais estéril do que produzir. A árvore não cresce enquanto dá frutos (1927-1928. χ, XII, 657).

*

A arte etc., resulta sempre da conduta simultânea do sensível juntamente com as propriedades materiais e do inteligível (generalizado), de modo que haja vaivém, oscilação entre eles, reforçando um e outro (1927-1928. χ, XII, 716).

*

Nenhuma crítica pode *distribuir* os fatores numerosos e irregularmente ativos de uma produção de arte.

Assim, na poesia, os fatores mais heteróclitos intervêm como podem para sustentar ora pela ideia, ora pelos sons, ora pela imagem, ora pela elegância gramatical ou sua agilidade — o *Tom* — para dar suporte ao mundo poético e fazê-lo sobreviver de beleza em beleza, até a morte do poema (1928. *AA*, XIII, 69).

*

Paradoxo estético pouco conhecido.

A união extrema da forma com o conteúdo se realiza melhor impondo-se à forma condições arbitrárias, precisas, estrangeiras — mas *veladas*, às quais deve se dobrar esse conteúdo — como um corpo em um campo de forças ou em um espaço curvo (1928. *AA*, XIII, 125).

∗

Gl[adiator][32]

Os artistas modernos perderam o sentido da adaptação rigorosa de suas forças e liberdades de ação a problemas bem definidos — Tão longe desse estado de espírito que tomaram por *incômodos* e por *entraves* os *auxiliares* dos antigos artistas. Formas fixas.

Eles não sabem mais o que querem. Ou querem apenas produzir efeito, não conhecem mais a vontade de *fechar* uma obra — ou seja, conduzi-la ao ponto onde se vê que ela cumpre as condições precisas de *existência* definidas pela função que ela deve ter.

Como a primeira condição de uma representação é a similitude apreendida, toda obra deve ter sua condição total e final. É por isso que tantas obras modernas se dissolvem em fragmentos excelentes, mas por cada um deles, no entanto, o artista trabalhou *contra* seu conjunto.

O moderno lança o ser humano ao diabo — e sequer imagina que é preciso fazê-lo descrever uma curva fechada (1928. *AB*, XIII, 212).

O segredo ou a exigência da composição é cada elemento invariante estar unido aos outros *por mais de um* elo, pelo maior número possível de ligações de espécie diferente — e, entre outras, — a forma e o conteúdo, que são tão elementos *quanto personagens* ou *temas* — (nessa fase).

Pois, no âmbito mental do criador, a atenção à forma e a atenção--personagem (por exemplo) *são da mesma substância*.

Em outras palavras, nesse âmbito de tempo vivo, há... *equipartição da energia!* — — detalhe, conjunto, meios e fins, um *eu* e as ideias, palavras, raciocínios, matéria e atos —

tudo está em presença, em trocas mútuas e modificações recíprocas.

E é essa simultaneidade *desordenada* de coisas mentais, essas atenções cruzadas, esperas tensas e distensões que constituem o meio

---

[32] Uma das rubricas utilizadas para classificar os cadernos (ver Introdução, neste volume).

atual de onde provêm, vez ou outra, os elementos "perfeitos", quero dizer, aqueles que se parecem com X — que é, ao mesmo tempo, *seu Juiz e sua criação* — devendo ser conservados e capazes de vida ou de utilidade ulterior.

Mas o fato mais notável observado nesse estado é essa identidade ou igualdade de geração e de tratamento ou manuseio que afeta imagens ou ideias — de ESCALAS e de espécies as mais diferentes em sua ordem exterior de existência (e foi por isso que disse antes *desordenada*). Aqui, a parte é tão grande quanto o todo, o fim precede o começo, a conclusão se adianta sobre as premissas, a forma engendra a matéria, o silêncio e a ausência engendram seus contrários —

e a *vista* (percepção) se identifica (no instante) com a *organização* — *Intuição*.

É tal fase que é o princípio supremo das combinações mais gerais — a *fusão dos heterogêneos* — N + S.

— As ordens de grandezas são negligenciáveis nessa fase.

— Nessa fase as substituições atingem o máximo de generalidade. Por ex[emplo]: algumas conservarão apenas o valor energético por equivalência — ou talvez somente o valor de excitação-intervenção (1928. *AB*, XIII, 273-274).

✳

θ

O inacessível em razão de pequenez; e o inacessível em razão de imensidade *explicam* tudo.

O segundo permitiu formar leis *simples* (1928. *AB, 19332, 55*).

✳

Como uma estátua de bronze ou um vaso de vidro só se explicam por um estado, por uma *temperatura*, graças à qual se fez sólido o que foi fluido ou líquido, assim certas ligações ou relações, certas figuras e construções da linguagem, imagens, inversões, coincidências — demandam, para que sejam admitidas, compreendidas, consentidas — um estado, uma temperatura distante daquela ordinária em nossos espíritos — um estado no qual *a excursão média* dos elementos acionados na produção mental seja bem superior ao que ela é ordinariamente.

(1928. *AB*, XIII, 281, *19332, 60*)

※

Todas as artes são originalmente uma atividade que não sabemos onde usar (1928. *AB*, XIII, 285).

※

Horror do vazio. Princípio de desequilíbrio
Todas as artes nascem do tédio. Esse gênero de tédio é na verdade a disponibilidade, ou a simulação de disponibilidade (pois *in rebus humanis*[33] sempre é preciso dublar o verdadeiro pelo simulado, o espontâneo pelo refletido, o involuntário pelo pretendido — e

[33] *Nas coisas humanas.*

observar essa curiosa e profunda lei do REFORÇO, do heteródino (que me surgiu há muito tempo sob o nome de *intervenção*) — o que tem consequências muito complexas. Por exemplo, todas aquelas que levariam a concluir com proposições como: o artificial é natural ao humano. Sua natureza o instiga a reforçar, adicionar, perfazer — e, portanto, a achar insuficiente. Princípio de instabilidade — que engendra os ideais — e, tal qual se deveria no cálculo das humanas coisas, escrever a priori *equações de desequilíbrio*, assim como na física se escrevem a priori eq[uações] de equilíbrio. O sistema não pode jamais [frase inacabada]

— Há vazios de tempo que jogam o ser humano em espaços vazios. Enchendo *esses* espaços vazios (papel, tela, territórios), ele ocupa *aqueles* vazios de tempo com suas criações, invenções, construções e façanhas.

O espaço serve... para passar o tempo (1928. *AB*, XIII, 287).

✳

O que nos mostram nossos olhos nos *interessa*, antes de tudo, por aquilo que *extraímos* de não visual.[34]

É preciso ser *artista* para refazer os passos da percepção até a impressão-sem-significação.

O mesmo para a linguagem, e o mesmo para a música.

— Consideremos então uma sensação que se produz.

A sensibilidade especial nos atrai para o *exterior*, e a geral, para *nós*. O *eu* [*moi*] é fortemente, exclusivamente chamado, evocado, interpelado, exigido por esta última. Ele é a resposta essencial para ela. *Eu* é a resposta essencial a toda modificação da sensibilidade geral. *Não há dor sem eu*. Inversamente, a sens[ibilidade] especial, sendo *pura*, tende a constituir um estado de *distração* — ou seja,

---

[34] *como signo* – Adicionado na margem, com marcas de ligação, em cópia dessa passagem feita para classificar os cadernos.

completo em si, e um "universo" separado, formado pelas relações e pelas trocas de valores harmônicos (1928-1929. *AC,* XIII, 350-351).

*

Gl

Conhecimento e atividade. *Neofilosofia*

É preciso introduzir a noção de atividade ou operação ou produção — e igualá-la ao conhecimento antigo — que se encontra depreciado — O fazer.

A modernidade, que rejeitou a metafísica verbal, entra na metafísica em ato.

Ao lado — para além etc. da física — não é mais o *psíquico* nem a *teodiceia,* nem a *cosmologia* que se coloca. É a *modificação do "mundo",* e não mais a *explicação,* não mais a *concepção,* não mais a busca do *verdadeiro,* mas a modifi[cação] do *real.*

Tudo subordinado ao fazer (1929. *AF¹ 29,* XIII, 783).

*

Caracteres iniciais[35]

Como se pode começar um quadro por suas sombras e luzes — formando um sistema de brancos e pretos —

Como se pode também vê-lo inicialmente como um "buquê", sistema de cores

e em seguida *buscar* a *forma* nessas *primeiras* distribuições e desigualdades de potencial retiniano —

assim é possível começar um poema ou composição de música seja pelas *massas emotivas,* os estados inarticulados, ou ainda pelos ritmos e movimentos, ou as palavras isoladas que surgem — *buscando* depois os sentidos e coisas significativas;

---

[35] *Começos – Arbitrário –* Título adicionado em cópia dessa passagem feita para classificar os cadernos.

Ou então — com o ato inverso — mais deliberado — que da fórmula clara vá tentar se conduzir à matéria, interrogando a imaginação auditivo-verbal pela *ideia* — ou seja, conservando ou repetindo as condições.

Mas vê-se por essas observações como a *inspiração* é de natureza *inicial.*

Essencialmente inicial — incompleta (1929. *AH 2*, XIII, 810).

✳

Há um faro matemático que cheira em uma questão as boas variáveis e as boas transformações, em meio a uma quantidade de outras que não são, a priori, menos racionais.

O mesmo ocorre com um *tema* a ser tratado, tal cena, tal disposição, tais luzes (1929. *af-2 29*, XIII, 917).

✳

Independência da pessoa biográfica e do autor

Tomemos um campeão de tênis. Ele é bacharel em letras. Casou-se com uma Provençal. É republicano de esquerda.

Se podemos deduzir esses traços biográficos de seu jogo — podemos pensar que conhecê-los nos permitirá melhor definir esse jogo — que é o nosso problema. Se não...

Não digo que esses detalhes não possam em certo momento modificar uma partida que ele jogue. Mas ignoramos em que sentido — e tais detalhes são p[ara] nós da mesma ordem que, por exemplo, a temperatura do dia.

Ademais, o fato de que em tal instante, aquele quando Racine fez tal verso, a temperatura tenha se elevado a 32 graus é provavelmente mais importante — que toda biografia — mas n[ós] não sabemos — etc. (1929. *ag*, XIV, 80).

*

Aplicar-se às mudanças de *unidades*.[36]

A linguagem ordin[ária] impõe inconscientemente unidades cuja tabela e desordem são oferecidas pelo dicionário.

Nesse sentido, os romances são combinações nas quais *pessoas* figuram. Seria possível conceber romances com outras unidades — P[or] ex[emplo]: funções fisiológicas — manias.

E assim a linguagem restringe praticamente as combin[ações]. N[ós] temos a tendência de combinar respeitando as "unidades" habituais — e sem perceber que outras são possíveis. E, no fim das contas, ficamos *sensibilizados* com respeito a essas unidades inteiramente feitas, em detrimento de muitas outras possibilidades[37] (1929. *ag*, XIV, 138).

*

Gl

(P[ara] Leonardo)

A filosofia = separar o pensamento do ato e da fabricação. Consequências — inverificáveis — senão — ciência. Então buscou na lógica uma justificativa, mas vã.

Especulação é perseguir de forma deliberada questões no pensamento — deliberadamente *separada de toda ação* (mutilações)[38] — como se, independentemente de toda consequência exterior — ela pudesse chegar a um estado terminal — provido de propriedades estáveis — ("verdade") — Ser outra coisa que provisória — enfim, definitiva.

Filosofia é uma especulação restrita a um vocabulário e a questões tradicionais.

---

[36] Passagem com a marca "Gl[adiator]" em cópia feita para classificar os cadernos. Nela, lê-se a variação: *aplicar-se às mudanças de unidades de combinações mentais*.

[37] Parágrafo acrescentado na cópia desta passagem feita para classificar os cadernos.

[38] Trecho entre parênteses é um acréscimo marginal.

Mas se é assinalado como finalidade dessas atividades internas não seus objetos, não seus conteúdos, mas a agilidade, a euforia, a liberdade, a força cuja sensação elas oferecem [frase inacabada]

Leonardo ou a especulação verificada pela construção. O valor verdadeiro da obra de *arte* talvez esteja em dar valor à especulação, encontrar as fabricações que sejam para a *especulação* o que os resultados práticos são para a geometria, para a mecânica. *Aqui*, há possibilidade de previsão (1930. *am*, XIV, 672).

✳

O ato de gênio (sendo tomado como ideia) não difere das produções incessantes do espírito senão pela sensibilidade do produtor que lhe dá valor, *mesmo que previamente*. Sensibilidade de espera — — Faz-se desigual o que o espírito ofereceu como igual (1930. *am*, XIV, 689).

✳

É maravilhoso ouvir alguém falar, dissertar sobre a criação, a inspiração etc., e que ninguém cogite analisar a formação d[a] melodia ou d[a] frase mais simples; — nem mesmo descrever as condições de formação (1930. *am*, XIV, 697).

✳

Gl. Em qualquer arte, nada se faz enquanto *o cantante* não for encontrado, ou seja, a *temperatura* na qual transformações ou substituições, partes diversas se tornam harmônicas — sonantes — preparadas — preparando — herdando a energia umas das outras (1930-1931. *an*, XIV, 777).

✳

Ritmo — percepção de uma relação entre atos e efeitos sensíveis — Espécie de reciprocidade entre causa e efeito — O que engendra um "mundo", um *sistema* completo, fechado — conservativo — de trocas de *tempos* contra *atos*, de potencial contra en[ergia] cinética.

Dar batidas em intervalos regulares. Como é possível?

Só se pode fazer isso "associando" alguma função de percepção à mecânica de excitação muscular.

A regularidade dos atos *ou* das sensações ganha o mecanismo sensorial *ou* muscular.

Mas isso é uma definição da regularidade. A igualdade dos tempos percebidos ou dos intervalos das batidas *resulta* desse contágio ou ressonância (Cf. Fonação, audição, cabeças, pés, braços se envolvem).[39]

Intervalos serão ditos iguais (ou comensuráveis) quando se puder ou *se tiver* de observar a coincidência de acontecimentos percebidos ou produzidos com acontecimentos de outro gênero produzidos ou percebidos.

3 batidas dadas definem o *estado* que produziria a *4ª. Esse estado é muscular.* Mas isso só ocorre se o intervalo (1-2) é substituído por (2-3).

Ritmo — Em suma — ritmo indica sempre uma associação *Muscular — Sensorial — recíproca.* Ele é o poder *gerador* das coincidências; introdução de uma dependência — de uma [frase inacabada]

Experiência — É impossível *pensar* um *ritmo.* Imobilize-se e tente representar-se um ritmo. Impossível. Vi alguém que acreditava poder fazê-lo e ele batia o ritmo com as pálpebras. Ou então por impulsões nos músculos da boca (1931. *AO*, XV, 6-7).[40]

---

[39] O trecho entre parênteses é um acréscimo marginal.
[40] Reproduzido na seção *Temps* da edição Pléiade dos *Cahiers* (CHI, p. 1340).

*

O ritmo é a percepção-possessão de uma [_lei_ ou *fórmula*] dos atos musculares-voluntários que reproduzem para a percepção certa sequência S de sensações (auditivas em geral, ou seja, rapidamente amortecidas; não há *ritmo* olfativo nem gustativo).

Essa fórmula é engendrada pela percepção da sequência de sensações S. Uma série S; uma (lei) ou encadeamento de atos M, espécie de [ilegível]

"Os tempos são comensuráveis"

Os atos são passagens.

Para analisar com fineza essa questão tão difícil — considerar de início um ato realizado por músculos voluntários (mas não necessariamente ato de fato voluntário, cf. caminhar). Esse ato é repetível *diretamente* (o que não é verdade para os *reflexos* puros). A velocidade é variável *entre limites*. Além disso, entre limites mais estreitos ela conserva a *consciência distinta* de cada ação parcial, ou melhor, de cada *impulsão*.

O passo apressado degenera em corrida, mudança de *postura*, ou seja, da taxa de energia transformada provocando mudança do sistema muscular posto em jogo.

A pressa. Diminuição de consciência de atos distintos (1931. *AO, 19347, 102*).

*

O ritmo é no fundo um elemento de construção de duração. A verdadeira duração é resistência ou conservação. *Ela é sempre limitada* — ou seja: sempre... *especializada* ou *especializante* — sensação de restrição na direção.

A periodicidade é uma consequência — é preciso de início que existam curvas fechadas para que o ciclo seja possível

(1931. A'O', *19338*, 3)

*

GL
Tom
Para que uma obra — quadro, poesia etc. — *seja, <u>exista como que por si mesma</u>* = seja "poesia", é preciso que se tenha encontrado e fixado o *tom*. Então a coisa canta.

O tom é a essência do estilo e dos ritmos. Ele é a chave do estado da pessoa, que faz o arranjo de todas as suas ações diversas.

Um quadro deve ser, quanto às cores, escrito num tom, ou seja, a diversidade das cores deve ser tal que elas se respondam mutuamente, definam uma classificação implícita segundo contrastes e complementos, que seja a única possível. "Unidade de diversidade".

O tom da fala em tal caso exclui tais palavras, tais volteios.

O estilo é a marca do tom na maneira de ser da obra — frequência de *presenças* ou de *ausências* de tal ou tal meio.

(o que está ausente de uma obra é um caráter de importância "capital". Nada está escondido nas coisas medíocres) (1931. A'O', *19338*, 3).

A partir da mesma impressão, alguém forma um canto, outro uma teoria "analítica" (1931. *A'O'*, XV, 50).

Entre a expressão que se faz do que se pensa e aquilo que se pensava — existe uma distância.

Certos caracteres são negligenciados, outros são adicionados — e é a *infidelidade* quase inevitável que daí resulta, que faz a vida do pensamento — pois o que finalmente é tomado como seu *pensamento* é o produto desse trabalho indispensável e espontâneo, que substitui *o ser de seu pensamento* pelo *conhecer* — o esquema.

Pensar na pantomina.

Uma peça onde a fala (ou canto) teria apenas o lugar exato do que só ela pode transmitir (1931. *A'O'*, *19338, 8*).

*

Nada de mais "simples" que a formação dos inteiros. E, contudo, mal são formados, encontram-se dificuldades extremas — insuperáveis — que resultam das questões (as mais "simples" também) que se faz a respeito deles (1931. *A'O'*, *19338, 8*).

*

(1931. *A'O'*, *19338, 12*)

*

Distante, acabo de desenhar isto, iniciado por traços que figuraram as arestas de um cubo; depois um outro — e suas sombras. Esses cubos se tornaram blocos; esses blocos *ofereciam* (no *mundo* tangente à minha presença) a ponta de um porto — ou seja, *mastros*. E as faces iluminadas *solicitavam* o mar ao fundo; e os blocos, em sua veracidade, *exigiam* uma ponta de quebra-mar. E, de exigências em exigências, significativas ou sensíveis, o sonho sobre o papel se fabricava. Mas sem o papel... (1931. *AP*, XV, 249, ver imagem pag. 111).

Achar! Achar o que satisfaz a ponto de excitar, como que sem limite, a retomada do momento dessa descoberta. Não suportar o afluxo de energia que é liberada pelo fato de apreender, tocar, *possuir* — o que era distinta ou obscuramente aguardado. Expansão brusca do ser — e então tremor oscilatório — com retorno e redescoberta.

Vem então o momento de efusão e de bendição geral. Idolatrias nascentes. "É possível que"... etc.! e a pessoa se tateia, se belisca: "É mesmo Eu...?" E os vestígios do feito, os testemunhos materiais, a coisa escrita estão lá...

Mas o milagre é enfim reconhecido, admitido. E então a melancolia nasce do sentimento de que esse momento já foi tomado pelo passado. A pérola indubitável se tornou certeza fixa — uma *coisa exterior*. É o estado nascente, à medida que ele ainda era capaz de renascer, que era tão precioso... (1931-1932. XV, 440).

✳

O desígnio secreto do artista é se fazer outro e mais do que ele é — — por sua obra. Sua busca é por uma admiração de si — ou seja, *a admiração por uma causa que preenche, excede nossa capacidade de gozar*, e de exprimir nosso *gozo*. Portanto, sua obra é para ele tanto mais preciosa quanto menos ele se reconhecer como quem poderia tê-la feito (1931-1932. XV, 541).

Ce en quoi je ne suis pas homme de lettres : les titres
s'ont pour moi la nouveauté "historique" des idées
ne m'importe pas, ne leur ajoute aucune valeur.

En fait de nouveauté - c'est la nouveauté de
l'appréciation d'elles qui m'excite - etc

Je viens, absent, de dessiner ceci,
commencé par des traits qui ont figuré les
arêtes d'un cube; puis un autre et leurs ombres
Ces cubes sont devenus blocs ; ces blocs donnaient (dans le monde tangent
un coin de port - c. à d. des mâts. qui. Et les à une présence)
faces éclairées demandaient le fond de mer;
et les blocs en tant que vérité exigeaient un bout
de jetée - Et d'exigences en exigences, significations
ou sensibles, le rêve sur le papier se fabriquait.
mais sans le papier - ...

(1931. *AP, 19349, 63*)

Gl

Tudo o que se conta sobre a Inspiração e a execução consciente das convenções se reduz e se *resume* nesse conselho inteiramente teórico: tentar reunir as *vantagens* das percepções-formações *rápidas* — as que precedem a consciência (o vaivém) — e também dão, com isso, resultados impossíveis de se obter pela via lenta e *articulada* — (esses resultados sendo, *em média, nulos* ou absurdos, logo, tanto mais úteis exteriormente quanto mais o uso se dirigir a efeitos psíquicos e emotivos — literatura etc.)

e as *vantagens* dos tateios — das retenções — das condições multiplicadas e sustentadas que caracterizam o trabalho refletido (1932. XV, 639).

*

Zurique. Conversando com Franel depois da leitura de "Goethe" na Universidade, eu lhe disse que sonho com uma teoria dos números singulares — — ou seja, estudo de tal número — à medida que ele tem propriedades que *não se deduzem* de sua *construção por adição* — e que permitiriam talvez ordená-los de outro modo que não por série aritmética.

Isso conduziria, talvez, a considerar que as unidades constitutivas que (pela própria definição de número) são intercambiáveis — e indistintas — podem receber funções interiores ao número — bruto.

Assim, n batidas percussivas — cada uma delas é, por um lado, uma unidade que se funda em n, finalmente — mas é também a g^a ou m^a — números isonômicos.

Haveria diversos 3, diversos 5 — adicionando à lei de somação uma lei de distribuição.

O que se pode fazer de *n* unidades ao dispô-las[41]
(1932. XV, 644).

∗

θ
A crença fundamental de nossas religiões é que nós somos, cada um, um ser bem determinado — que é possível designar por um NOME. Crê-se antes de tudo que "um *EU* é um *EU*" — *Princípio de identidade*! (1932. *19353, 19*).

∗

A clareza de uma linguagem tem por medida o desvanecimento imediato das sensações — figuras ou sons — que a constituem fisicamente e a substituição delas por atos ou reflexos, ou imagens e atitudes, *nítidas*.

Quanto mais prontidão, mais o resultado é *nítido*, "uniforme" — e mais clara é a linguagem. *Ela não deixa resíduo*.

Ora, toda a poesia reside no resíduo.

"Uma rosa de outono etc."

Isso não tem nenhum interesse... afirmação *gratuita* (1932. *19353, 27*).

∗

O espaço real compreende 3 partes + uma:

α) O *lugar* perspectivo *imaginário* onde a visão e a audição *nítidas* se formam e onde suas sensações e as sensações motoras dependem umas das outras.

β) A *superfície* da *pele* e dos *epitélios* que a continuam, lugar tátil, gustativo-olfativo — térmico com suas características motoras.

γ) O *interior* do corpo.

---

[41] Reproduzido na seção *Mathemátiques* da edição Pléiade dos *Cahiers* (CHII, p. 808).

γ') O *lugar dos atos psíquicos* — audições, visões, ações, acontecimentos do "espírito".

Os sentidos musc[ulares] *motores* são lineares
Os sentidos visuais, táteis e gustativos são superficiais —
Os auditivos e musculares-*estáticos* são volumes.
e olfativos

Ou mais precisamente — as *linhas* são de origem motora, as *superfícies*, de origem retiniana, tátil etc.

Os volumes — — — (*pressões*) $pv = \alpha$
Ademais, esses últimos são entes complexos [*des complexes*].

O volume é equilíbrio
(durações) A superfície

f.

A linha Relação das formas e das forças

Oposição *Marca para um objeto para*

O espaço e o tempo clássico são de origem "popular", ou seja, corpos "sólidos" e deslocamentos.

Parece que muitos físicos de eletricidade hoje "pensam" em termos elétricos e exprimem nesses termos proposições mecânicas clássicas.

Quanto a mim... eu penso em termos "reflexos", DR [Demanda-Resposta] há 35 ou 40 anos — e tentei por volta de 1903 fabricar uma notação apropriada — seria a repres[entação] mais geral, na minha opinião (1932. *19353, 22-23*).

*

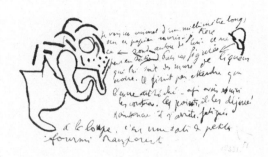

Vejo um animal de um milímetro de comprimento sobre esse papel correr — traço este círculo ao redor dele — ele não pode sair dali. Depois, essas figuras que são para ele muros de líquido preto. Ele acaba entendendo que a tinta secou — após ter seguido os contornos. Os pontos, ele os despista! Agora para, cansado. Na lupa, é uma espécie de pequena formiga transparente (1932. *19353, 26*).

*

Diz-se (de Mall[armé] ou — de mim) — quantas indagações e obscuridades — e para envolver — o quê? — quase nada de *pensamento*. A noz é dura, seu conteúdo, um pouco de água. O cofre é quase inviolável — aço, fechadura tripla e, lá dentro — um botão de calça — —

— E tudo isso é verdadeiro — na medida em que se é um espírito à moda *moderna* — para quem (consequência remota de Platão e do cristianismo[42]) *espírito e corpo, fundo e forma, sentido e símbolo* são coisas 1º, *opostas*, 2º, *exclusivas* umas às outras e 3º, não *equívocas* — (quero dizer, sendo uma determinada, a outra também é. O corpo C tem somente *um* "espírito E"; o espírito E tem somente *um* corpo C. O sentido Σ tem somente uma forma φ, e a forma φ tem somente um só sentido Σ, como os 2 extremos de um bastão).

---

[42] Valéry escreveu: X*s* [letra khi ou chi do alfabeto grego], inicial de Χριστός (Cristo) ou χριστιανισμός (cristianismo).

Mas isso não foi sempre verdadeiro e não é verdadeiro no estado de geração. Assim, o trabalho mental *não automático* é hesitação na pluralidade das significações ou dos signos, das formas possíveis etc.

É uma *crença*, ou convenção inconsciente, a univocidade — — (1932. XV, 799-800).

$$*$$

As ideias de *Poesia* (ou escritura literária) e de *Trabalho* estão estreitamente associadas em mim desde um tempo... imemorial — isto é, estão totalmente fora de alcance. Tenho grande desconfiança em relação ao que sobrevém — sempre suspeito de que ele não é muito... *natural*. O *espontâneo* me parece mais *acidental* que *natural*. E os dois modos de produção têm em comum o fato de se apresentar misturados. Contudo, o que ao espírito vem sem esforço, e às vezes sem espera, não é necessariamente conforme as exigências da *existência exterior* — no mais das vezes, são *corpos sem alma e almas sem corpo*.

(Uma paisagem nua é acidental; ruína geológica com seus escombros de grandezas diversas, da areia às massas de rocha; porém, a planta que ali cresce, a árvore que ali se desenvolve são *natureza* (nascor[43]). Assim, no espírito, os começos instantâneos são acidentes; as associações, que são outros começos, reduzidas a seu primeiro termo, também. Mas caso se procure *dar* uma necessidade *consistente* a uma obra — isto é, a impressão da natureza vivente que se desenvolve — e se adapta conservando seus caracteres essenciais — é pelo labor e pela espera que se pode consegui-la.

< Mas e esse trabalho — ? — É jogar simultaneamente em 2 tabuleiros tentando fazer com que os ganhos se correspondam. Eles são *acidentes felizes* — portanto, raríssimos. Mas então o tempo intervém, e o trabalho permite reter apenas esses bons lances de sorte > (1932-1933. XV, 906-907).

---

[43] *Eu nasço.*

✳

A ideia ingênua de *Inspiração* exige que ela seja julgada como algo raro — e não obtido à vontade.

A obra fixada tem como propriedade restituir à vontade o que não pode se produzir à vontade.

É uma máquina de fabricar o estado cantante. Logo, o problema aqui é da *vontade interior*. Esse é o grande problema.

Penso que o sentido íntimo do artista tem por função ensiná-lo instintivamente a ziguezaguear, a se esquivar ardilosamente entre o que ele quer e o que ele pode — o que ele *vê* e o que ele tem — aceitando ou recusando o combate — ousando e não ousando — roubando ou rejeitando os presentes e as ocasiões.

E uma hierarquia de poderes e de quereres, uma coleção secreta de modelos próprios — e antipatias (1933. XVI, 345).

✳

Poucas pessoas concebem que se possa fazer uma obra especialmente escrita — que não vise *dar* ao leitor, mas, pelo contrário, *receber*. Oferecer-lhe a ocasião de um prazer — *trabalho* ativo — em vez de lhe propor um gozo passivo. Um escrito feito expressamente para *receber* um *sentido* — e não apenas *um* sentido, mas tantos sentidos quantos possam ser produzidos a partir da ação de um espírito sobre um texto.

Mas não se deve acreditar que isso seja novidade. Trata-se apenas de *fazer conscientemente o que é necessariamente feito inconscientemente em todos os casos onde a linguagem intervém*. Etc. (1933. XVI, 645).

✳

"Inspiração" — é possível fazer a seguinte hipótese: a ideia imediata é a de *produção*. Ela pode ser substituída pela noção de *escolha* IMEDIATA. O inspirado seria aquele não particularmente produtor de coisas boas, mas o particularmente *sensibilizado* a *ressoar* as coisas boas produzidas como as outras insignificantes ou absurdas — que se produzem "em seu espírito", "para seu espírito". Como um ouvido distingue os sons dos *ruídos*. É possível que a quantidade de produção aumente também. O cérebro produz um trouxe-mouxe de Musset, de Mallarmé e de Hugo, e Hugo, Mallarmé etc. são frequências, crivos (1933. XVI, 674).

*

Romance
Conto   Descrição pelo *anjo*-Lionardo.

O anjo — aquele que vê as diversas ordens — ou "o espaço" no qual as coisas vistas ordinariamente são lugares e seções — pois a visão ordinária que a linguagem natural tanto exprime quanto orienta — é uma exclusão, resultado de *omissões* mais do que de *aquisições*.

A percepção abole mais do que dá, pois ela combina o que é recebido pelos sentidos com outros elementos, e essa combinação *escolhe*.

É no resto dessa divisão do recebido que o artista exerce sua sensibilidade e retoma os bens abandonados.

Nasce da
duração do
tempo

Exemplos
aqui

O máximo
de distância
entre prosa e
poesia

Ex[emplo] a poesia, *características inúteis da linguagem desenvolvidas*. A arte da poesia consiste no desenvolvi[mento] desses caracteres *inúteis* da linguagem, explorados em vista de certo efeito. Inútil [é aquilo que] desaparece com a *compreensão*. Donde se conclui que a lentidão e a dificuldade de compreender, que são antipáticas à linguagem, não o são à poesia. Também resulta daí que em certas épocas as expressões mais naturais, mesmo as mais necessárias para a troca pura e simples dos pensamentos foram, entretanto, excluídas da língua poética. Não se pode dizer: *Tu és, Eu tive* [*Tu es, J'ai eu*] em poesia clássica.[44] Significação dessas exclusões.

---

[44] Essas expressões eram excluídas por causa do hiato no som das vogais (nota observada pela tradução inglesa dos Cahiers, cf. Paul VALÉRY. *Cahiers / Notebooks* v. 2; Brian STIMPSON, Paul GIFFORD e

É notável e pouco lógico que os mesmos a consentir com esses entraves tão bizarros sejam também aqueles que abriram a caça aos *preciosos* — os preciosos!

As caracter[ísticas] inúteis das quais falei não são somente fônicas (1933-1934. XVI, 841).

*

Gl

Muitas vezes, ouvi Mall[armé] falar do poder da página branca — poder gerador. Alguém se senta em frente ao papel vazio. E alguma coisa se escreve, se faz — etc.

Poder do vazio — cf. olho, audição.

Talvez não se compreenda nada sobre a visão, sobre a audição enquanto não se compreender que essas *células* foto ou fono-psíquicas *dão e recebem indivisivelmente*. Produzem — têm um duplo efeito (1934. XVII, 178).

*

... A alegria de encontrar em si mesmo — coisas inesperadas, imprevisíveis — e preciosas — das quais aparentemente seríamos compostos, penetrados, *capazes* — e *inconscientes*; e em meio às quais o caminho banal do pensamento passa sem vê-las, *em geral*; coisas que são nós, mas um Nós vulnerável, à mercê de incidentes e de circunstâncias estrangeiras; que existem e poderiam não existir; que não existem e poderiam existir. Que uma ninharia provoca e que outra ninharia dispensa para sempre da existência.

De modo que [frase inacabada] (1934. XVII, 262).

Robert PICKERING (eds.); Rachel KILLICK, Norma RINSLER e Stephen ROMER (trad.). Frankfurt: Peter Lang, 2001)

﹡

Gl

Gênio

É em matemática e em música que o "gênio" (ou o que se pode nomear assim) aparece mais claramente.

Nelas, ele aparece *desde a juventude* — como uma produção imediata das faculdades especializadas, claramente separadas, *sem grande relação com o resto do espírito do sujeito.*

A invenção está lá, tão fácil quanto a memória, ou como a operação de um sentido que, no universo dos sons combináveis ou dos atos matemáticos, veria esses elementos e seu domínio — e suas relações ou combinações ou analogias — um *sentido* que faria parecer cego o comum dos mortais, os que são desprovidos desse gênio.

Certeza e rapidez.

Mas esses 2 domínios são *simples*. E feitos de elementos *puros*.

Nos outros domínios, a impureza e a complexidade dos elementos tornam o *gênio* menos distinto e menos seguro — e geralmente menos precoce. É preciso tempo para aprender a superar os embaraços da linguagem — e da imitação das coisas complexas, para poder chegar ao estado combinatório *livre*.

Pois, nesses domínios, as impossibilidades, as limitações não são da sensibilidade — imediata — mas são refletidas, associadas e não substanciais (1).

O que sei pesa sobre o que posso — (em geral). Por outro lado, na música e na matemática, o que sei se confunde com o que posso.

(1) quero dizer que há uma quantidade de convenções misturadas e implícitas; ocasional ou frequentemente impossíveis de decifrar por causa da sua sobreposição feita ao acaso por diferentes gerações — ao passo que em música e mat[emáticas] tais convenções são explícitas ou ao menos podem ser definidas (1934. XVII, 582-583).

✳

O que aparece mais nitidamente em uma obra de mestre é a *vontade*, o *parti pris* — nenhuma flutuação entre os modos de execução — nenhuma incerteza acerca do objetivo[45] (1934. XVII, 598).

✳

Gl

Compreende-se o que é a *forma* em matéria de arte apenas quando se entende que ela oferece (ou deve oferecer) *tantos* pensamentos quanto o *fundo*[46]; que sua consideração é tão fecunda em *ideias* quanto a *ideia-mãe* —; que pode ser, ela mesma... *a ideia-mãe*; e que o problema inverso ao problema ingênuo ("exprimir seu pensamento") existe e é válido[47] (1934. XVII, 611).

✳

Memórias de M. Teste — *Diário do amigo de Teste.*[48]

Uma das ideias fixas de Teste, não a menos quimérica, foi querer conservar a arte — Ars* — exterminando as ilusões do artista e do autor. Ele não conseguia suportar nem as pretensões bestas dos poetas — nem as grosseiras dos romancistas. E pretendia que ideias claras a respeito do que se faz conduzissem a desenvolvimentos muito mais surpreendentes e universais do que as lorotas sobre inspiração, a *vida* das personagens etc. Se Bach tivesse acreditado que as esferas lhe ditavam sua música... ele não teria tido a potência de limpidez e a soberania de combinações transparentes que obteve — O staccato (1934-1935. XVII, 711).

---

[45] Reproduzido sem variações em *Instants, Mélange, Oeuvres II*, p. 375.

[46] *que ela representa tantas ideias quanto o fundo* – variante adicionada na margem de cópia desta passagem feita para classificar os cadernos.

[47] *... ideia-mãe e original, e que...* – variante de cópia dessa passagem feita para classificar os cadernos.

[48] Reproduzido com variantes em *Pour un portrait de Monsieur Teste*, in: *Oeuvres II*, p. 67.

✳

Ritmo e Tempo etc.

Soma no Tempo

Em todas essas questões, é preciso inicialmente achar os problemas — e não tomar p[or] problema da coisa o que é apenas prob[lema] de lexicologia. É necessário, então, recolocar-se diante dos fenômenos e perguntar *o que se quer* perguntar.

Ritmo serve para designar a percepção de uma pluralidade de acontecimentos sucessivos como dependentes, sendo advento ou produção consecutiva de uma relação entre a duração de cada um, de modo que haja criação de uma *previsão instantânea* (o ritmo é apreendido) ou reprodução desses acontecimentos por motores.

Ora, *para algumas dessas séries, tal formação é imediata.* O ritmo resulta da aquisição do *ato dos atos — Soma no tempo?* — Este é o problema inicial — expresso em linguagem improvisada. Contar batidas — é algo feito dando-se a cada golpe *valor* de *gatilho* e de um ato muscular, pois há sempre unicamente *Uma* batida e essa batida única é, por outro lado, estado de uma acomodação — à qual pertence uma *frequência*.

Portanto, *frequência* é um ato de atos, uma determinação e uma distância.

Essa frequência é *enumerável* se a cada uma das percepções que a constituem é possível associar um ato muscular virtual ou não como resposta. Logo, há 2 limites. Se muito grande a frequência, a série é *inimitável* por atos, e a impressão passa do domínio *articulado* ao domínio *contínuo*.

Se muito fraca, não há somação (1, 1, 1).

O tipo (1 + 1 + 1) é apreendido entre o tipo (1) e o tipo estacionário ou contínuo. As batidas dadas não devem ser representadas por pontos sobre uma linha, mas por um ciclo cujos "arcos" são *tensões e distensões.* Cada batida (após a 2da ou 3ra) engendra uma *espera* ou *demanda* de tal modo que a batida seguinte é *ao mesmo tempo* produzida pelo acontecimento e pelo *eu-resposta*. Essa coincidência é capital. Cada batida se torna resposta e demanda.

Cada batida engendra um *estado* — —

Portanto, cada batida produz outra coisa além de uma impressão auditiva — uma modificação — implexo.

Isso é, ademais, o fato constitutivo da lembrança. É preciso *associar a cada acontecimento sensorial um acontecimento escondido — o que tende a fazer do percebido um elemento de ciclo do tipo motor*.

Uma verdadeira análise do tempo seria a busca por esse implexo. É esse tipo que assegura a unidade geral[49] (1934. XVII, 716-718)

✳

O único interesse da arte (obra) é extrair de nós o que não sabíamos conter — *e não contínhamos. De nós* — como o médico (o "físico dos corpos") — Raios-X.

Não somos senão aquilo que os acontecimentos tiram de nós (1935. XVII, 854).

✳

A virtude eminente da arte e de toda especulação (pois o desenho, por exemplo, é uma verdadeira *especulação*, como a filosofia ou a análise) é tirar de nós *ações* e produtos de ação que não sabíamos "conter".

Sabemos de nós mesmos apenas o que as circunstâncias tiram de nós — e nos limitamos a responder de todas as maneiras seja ao que aparece, seja ao que estava escondido em nossa própria substância, hereditária ou qualquer outra.

Nossa liberdade (aparente ou não) é uma resposta de nosso estado e de nossa substância (1935. XVIII, 41).

---

[49] Reproduzido na seção *Temps* da edição Pléiade dos *Cahiers* (CHI, p. 1349-1350).

*

Ao ver algumas estrelas, você vê, ao mesmo tempo, linhas que as juntam, e não pode deixar de vê-las.

Essas linhas invencíveis, com a mesma potência (em você) dos pontos reais que fazem esses astros, são, por outro lado, irreais —

Como a aparência de uma casa distante que uma pequena folha esconde completamente.

Assim a vista é necessariamente misturada — ela nos dá ao mesmo tempo algo de... *fotográfico* e de... *antropográfico*... quero dizer, ela excita um sistema de visualidade-motora recíproca — e é essa reciprocidade que constitui a "*subjetividade*" (1935. *19366, 104*).

*

Homo
Cada um é, a cada instante, conduzido pelo que *vê mais nitidamente*, composto pelo que *vê menos claramente* (1935. *19366, 104*).

*

Arte — A operação do artista consiste em tentar *encerrar um infinito*. Um infinito potencial *em* um finito atual (1935. XVIII, 44).

*

Toda proposição emitida exclui 1 ou muitas outras de um campo — afirmar é excluir.

O que exclui essas outras é "verdade", ocasião, necessidade — e frequentemente *desatenção*.

A dúvida é a não exclusão. Mas a proposição que exprime a dúvida é também uma exclusão (da não dúvida) (1935. *19366, 105*).

✳

Narciso

O espírito não se reconhece na pessoa, e nem eu no meu espelho — pois o possível não pode ter *um só* objeto por imagem — é muito pouco de um só personagem para tantas existências... virtuais! (1935. *19366, 105*).

✳

A linguagem repousa sobre o fato de que o que *eu* posso me dizer, um *outro* pode também. Tudo o que *eu me* digo, tudo o que me fala ao espírito é *como que de um outro. Essa alteridade* se torna frequentemente patológica — o mim [moi] não se reconhece nessa voz do mim [moi].

Ou então a gente lhe dá um interlocutor fictício — tomado como testemunha ou como adversário (1935. *19366, 105*).

✳

"O gênio" (em muitos casos em que esse nome é pronunciado) talvez não esteja na própria ação, instantânea — que produz uma combinação *que ganha* — mas, sim, no fato de que essa combinação receba quase imediatamente, *porém depois*, um *sentido* de grande valor.

O espírito responde ao que ELE acabou de emitir por uma atribuição de valor.

Talvez se dissesse, contudo, que essa emissão (às vezes) é como que prevista, *exigida* por aquilo que dará o valor. Que ele a atrai do fundo do *não-ser* onde ela ESTÁ. Fascina os dados dentro do saco.

A espera modifica — e parece munida de palpos imersos *sob o tempo* — no futuro ou no possível — *modificando a sensibilidade*.

— — Donde a ideia de um meio (1935. XVIII, 76).

Franel me comunica esse problema de lógica inventado por um de seus colegas da Politécnica:

Um barbeiro está coagido a barbear somente as pessoas da cidade que não se barbeiam elas mesmos — e ele barbeia *todas elas* — E quanto a ele próprio? Ele pode se barbear? Se o fizer, ele se barbeia a si mesmo: e vai contra a hipótese. Se ele não o faz, ele não barbeia todas as pessoas que não se barbeiam elas próprias.

(Isso tem a ver com geometria. Seria possível definir conjuntos de pontos — que chegassem em tais dificuldades). Aqui, define-se os clientes do barbeiro como *barbeados por outro*. O barbeiro que se barbeia age ao mesmo tempo como barbeiro e como cliente.

Em uma palavra — o conjunto E dos clientes é definido por sua relação com C, o único barbeiro — mas C é definido por E. Como *barbeiro*, ele está fora de E; como *barbeado*, ele está em E e, contudo, não deve estar. Ele se barbeia, logo *fora de E*, mas todos que ele barbeia são E, logo ele está em E (1935. XVIII, 45).[50]

Gl
Toda construção (não determinada por circunstâncias locais exteriores) se faz conforme a sensibilidade — ou seja, por contrastes, similitudes, simetrias — formas diversas da repetição generalizada (1936. XIX, 378).

*

Ignorar o suficiente para saber — — —
Exemplo: o distanciamento dos astros — pontos moventes —
— Contar objetos = ignorar suas diferenças

---

[50] Reproduzido na seção *Mathemátiques* da edição Pléiade dos *Cahiers* (CHII, p. 812).

Probabilidade = indistinção —

— O mapa de um continente —

Mas, quando o objeto e seu movimento não podem se separar, o *saber se extenua*.

Mesmo os *números*, uma vez definidos por propriedades de sua estrutura, que os distinguem [advérbio ilegível] — e que devem intervir desde as premissas —, têm dificuldades imensas e surpreendentes. Pois se vê formar, pelo simples e monótono procedimento da repetição da unidade, figuras numéricas incomparáveis — *números primos* — que são os números que... se ignoram entre si.

E as coisas da vida! (1936. *19377*, 4).

O que é que, nas apreciações de *quase-medida* de nossos sentidos, substitui as unidades, padrões e axiomas da medida?

Isso é maior do que aquilo —

Esse tempo, esse odor etc.

Ora, ocorre de esses "juízos" serem enunciados em absoluto — por exemplo: isso é *grande*, esse tempo é longo. Juízos que não existem na ordem das medidas físicas.

Há, portanto, uma sensibilidade de intensidade. Só posso concebê-la como *distância* de certo zero e *aproximação* de certo máximo, de maneira que *uma única* "observação" baste para situar o grau (a medida exige 2 coincidências (1936. *19377*, 7).

✳

(Homo)

O mais *verdadeiro* de um ser é, por definição, o mais *frequente*. *Simular* é definido pelo mais raro, e como o *semeado* sobre um campo natural.

A noção de *esforço* lhe é acrescentada. Acredita-se que o mais *fácil* para uma pessoa é *ela mesma*: aquilo no qual ou aquele em quem ela não pensa ao ser. Ou melhor, o que ela não sonha ser, ela é. Pensar afeta a natureza de quem pensa.

— Mas talvez não exista um *ela mesma* bem circunscrito. O que ela *quer* ser; ou melhor, o que *quer* ser *ela*, tem seus direitos de existência e não pode ser deduzido. O que ela *quer*, ou que ela *deve*, *parecer* conta. Dentre esse pretenso natural, a vontade, e mesmo a imitação, deve figurar (1936. *19377, 9*).

✳

Alguém pensa: as coisas poderiam ter sido outras — sem imaginar que essas outras introduzem o infinito.

Pois elas jamais poderiam ter sido outras de uma única maneira.

A operação de substituição do real pelo imaginário é ilimitada.

Ela é inconscientemente restrita, limitada à troca de um *atributo* por outro — mas isso não deixa jamais de introduzir tudo o que seria necessário para essa substituição — e é o *infinito* — — — (1936. *19377, 15*).

✳

1. Sistemas F[ilosóficos] — o que se ganha em beleza se perde em exatidão.

2. Os sucessos da filosofia consistem nas obras, e não nos resultados. É uma razão a mais para ver nela uma das "belas artes" (1936. *19377, 15*).

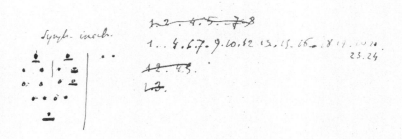

Uma verdadeira teoria ou análise do *tempo* deveria dar os meios de conceber e definir o *ritmo* — (entre outras coisas)

Pois o *tempo* é o nome vago que reúne sem ordem, diante de nosso espírito, diversas ideias e observações que ele tenta (ou que tentamos por meio dessa palavra) unir ou exprimir — e que não têm nada de comum, exceto se relacionar às 2 noções de *substituição* e de *conservação* ou *manutenção* (que são uma e outra representáveis por *atos*).

Por exemplo: uma *substituição de coisas, em geral, irresistível* ou então uma não-substituição (duração)

O *tempo* assim considerado é o nome do conjunto de *formas* de substituição e de conservação diversas, mas em número pouco elevado.
(1936. *19377, 19*).

*

Ritmo
Entre as batidas estão os intervalos
Esses intervalos não são *vazios*

Relação entre sensações de duração[3] limitada, e sucessivas[2] — (e de mesma espécie) — e suficientemente vizinhas.

Essas relações são caracterizadas pela dublagem, ou seja, pela excitação de sentidos impulso-motores correspondentes que são como uma imagem motora e produtora — em potência e em ato — de ruídos que *reproduziriam* as batidas percebidas.

Essa reprodução basta para sugerir a periodicidade da série — a qual, por outro lado, dá as condições para o sistema *núcleo*.

— Um e Um no *sucessivo*. Eis o nó — a adição sucessiva? É possível considerá-la como parte da adição ordinária ou simultânea, a qual exige *simetria* por identificação dos resultados obtidos ao adicionar as unidades nas ordens possíveis — 3 + 4 = 4 + 3 — e segundo todos os agrupamentos parciais possíveis: 3 + 4 = 4 + 3 = 1 + 6 = 2 + 5 = 5 + 2 etc.

Além disso, a substituição (1936. *19377, 20*).

✳

O ritmo introduz uma previsão orgânica análoga a essa *previsão* que nos faz prever o prolongamento de uma reta e aquele de um arco de círculo — cujo segmento é dado.

Ou traçar retas entre as estrelas —

A resposta a esse dado é ou uma *continuação* virtual ou, então, uma *junção*.

É sempre uma resposta especial da sensibilidade — cf. complementar — —

(1936. *19377, 20*).

✳

Como acontecimentos separados dão a ideia e a ação que os liga? Como tais acontecimentos provocam não somente essa sensação de ligação e de *causação* sucessiva, mas ainda uma generalização motora — pés, cabeça, braços, fonomotores — que exige *repetição*?

Série que se faz repetir.

(1936. *19377, 20*).

*

As soluções matemáticas se obtêm frequentemente por meio de procedimentos *arbitrários*, cuja necessidade não é imposta por nada — eles não se deduzem unicamente do exame do problema — eles são fundados sobre o *Eu posso* — liberdade no bojo das condições, e se justificam pelo resultado obtido por uma série de operações lícitas — mas não de todo *necessárias*. Nada diz que, se x é substituído por $\varphi(x)$, obtém-se... A substituição é dada por tateios — ou por faro.

Aquele a quem se mostra a coisa vê nela uma espécie de feitiçaria ou truque de mágica — ele não consegue *compreender* a escolha do meio e só enxerga encruzilhadas no percurso.

A matemática está tão penetrada de arbitrário (mais que toda ciência) que ela é, em suma, a ciência do arbitrário.[51]

(1936. *19377, 29*).

*

Não suporto essa expressão de 2 cabeças à qual a autoridade de seu autor deu tanto crédito: *Espírito de geometria — Espírito de finesse* — e que é detestável. Pois uma expressão que se cria é um instrumento, e não há razão para criar um novo que atrapalhe as mãos e nos obrigue a buscá-lo para nos servir, ao invés de nos servirmos dele prontamente em nossas pesquisas.

---

[51] Reproduzido na seção *Mathemátiques* da edição Pléiade dos *Cahiers* (CHII, p. 815).

Opor *finesse à geometria* exige dar à primeira um sentido que não é o seu (xx) e que lhe seja inteiramente moldado pela intenção de opor qualquer coisa ao espírito de geometria (supostamente conhecido). O arbitrário intervém e P[ascal] teria zombado disso se o encontrasse em um jesuíta.

A geometria, pelo contrário, exige muita *finesse* — no sentido ordinário do termo, e toda a sutileza do mundo nela se exerce — P[or] ex[emplo], nas anatomias microscópicas do contínuo e nos problemas do cálculo de probabilidades.

Mas, enfim, sigamos o mau hábito de refletir sobre esse falso contraste — cuja raiz é a observação banal de que certas pessoas excelentes em geometria parecem inferiores nas letras ou na manipulação das pessoas; e outras, que são grandes ou consumados poetas, não compreendem nada dos raciocínios mais simples da geometria. Essa divisão dos espíritos deve ter incomodado Pascal que, orgulhoso de suas faculdades matemáticas desde os 15 anos, viu-se mais tarde obrigado a reconhecer os méritos de quem estava fechado para a ciência das grandezas.

— Ora, o exame desses 2 tipos mostra logo que, se Espírito é compreendido como *modo de transformação de dados*, o primeiro gênero — o Espírito de geometria — consiste na prática da transformação que *conserva* as significações das *palavras* e que combina os signos sem alterá-las, com uma liberdade que *depende* da não contestação e da irreversibilidade dessas significações. Mas o zelo com essa separação, com essa conservação tão absoluta, reage sobre a liberdade da qual falava — interdita tanto quanto permite — pois é preciso ao final reencontrar intactas as definições convencionadas de início.

Mas, além disso, antes de poder proceder desse modo e caso se queira fazer o mesmo em uma nova matéria, é necessário se ocupar com a criação dessas definições que serão conservadas — —

Aqui reina o arbitrário. É aqui que se precisa de uma grande *finesse* para isolar noções muito bem escondidas, fazer distinções etc. Isso é visto nos desenvolvimentos da fís[ica] matemática e, em suma, em t[odo]s os problemas nos quais é necessário inicialmente transformar representações antes aparentemente inacessíveis ao cálculo — etc. etc.

Ali, as comparações, os *parti pris*, as imaginações, analogias abundam.

Mais adiante, as substituições não dedutíveis dos problemas — mas que, uma vez *encontradas*, permitem resolvê-los — também solicitam um tipo de *finesse*, de previsão.

De tal modo que o contraste entre esp[írito] de geo[metria] e o de finesse parece *real* apenas a respeito de um *arco* da sequência mais geral de transformações do pensamento. Alguns só se movem entre *A* e *F*, outros, entre *B* e *O*, mas a série vai de *A* a *Z*. É possível que esses arcos se excluam, e isso é até verdade, mas se excluam como as 2 maneiras de ver do mesmo olho ou os dois atos da mesma mão.

A verdade é que uns ficam mais à vontade com tal ato do que com outro — um é mais forte, o outro é mais rápido — etc.

Mas o particular disso tudo é que, submetendo a mesma proposição a um e a outro, ocorre de cada um deles acionar e acionar apenas sua aptidão mais forte — e correr em disparada (1936. XIX, 403-405).

∗

Onde levo e fixo meu olhar.

Lá, posso também colocar (ou supor colocar) meu dedo.

Há um mesmo nesses atos tão diferentes, um acordo.

— Se lá onde vejo uma esfera meu dedo acariciasse um cubo, e encontrasse uma ponta onde me figuro uma redondez...

— E se, onde meu dedo segue uma reta, meus olhos encontram um círculo; ou minha mão, uma retitude lá onde meus olhos veem uma quebra, como numa vara mergulhada — ou, como na perspectiva, um cilindro se vê cone, onde o menor esconde o maior (propriedade do "ponto", em suma) — e caso se considere o contato e a sobreposição por *absoluto*, há outra *verdade* do que a obtida pela *visão* (1936. *19377, 36*)

※

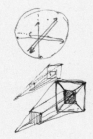
O espírito faz ou se faz ou refaz o que ele sofre; e sofre o que ele faz. O *sofrer* e o *fazer* são as duas extremidades de seu ~~simples~~ percurso elementar.

(1936. *19377, 36*).

※

θ   Egologia; egonomia
Eu sou = eu posso e não posso. H —
O que contém uma ideia de limite com a de possibilidade —

A invenção do *Eu* [Je] é enorme.
Se ele for substituído por um nome próprio — (que é, acredito eu, o sistema anterior?) a notável generalidade diminui — (a *álgebra* retorna à *aritmética*) e mesmo a *precisão diminui* — pois (de) uma pessoa ~~só tem um~~ (o) nome (é) de convenção — e, *em si*, não tem nome, *nem alguma coisa que evoca, suponha a existência de outras pessoas.*
Nem mesmo seu rosto, que lhe é desconhecido por natureza, e como que apenas por acidente.
O *Eu* [Je] permite a todos que conversam entre si assumir alternadamente o mesmo nome. (1936. *19377, 37*).

※

Para fixar e conservar um objeto do espírito, *fixamos* os olhos num objeto exterior qualquer (mas pequeno), ou um campo da visão em uma direção fixa, e *não os vemos* — mas todo o corpo simula o olhar, e essa comédia se comunica ao espírito.

Ora, trata-se de um procedimento da atenção (transportada para as coisas internas) que busca, ao conservar tais "ligações", obter uma transformação não qualquer.

não "sorteada" (1936. *19377, 38*).

*

L. "Infinito" — todo *sentido* de *termo* é finito (cf. *termo* = palavra), e toda expressão precisa se resolve em atos — os quais são *finitos* (por definição).

Dizer: indefinido — é um paliativo.

O fato é este: *infinito* (ou indefinido) é um *finito* que consiste em considerar unicamente o ato (de adição, por exemplo) sem se ocupar do resto. *Infinito* significa, portanto, o *poder abstrato* de fazer o ato — poder que observamos em nós sob *forma finita*, e porque *finita*. (1936. *19377, 38*).

*

Nada me marca uma pessoa ou me faz prejulgá-la mais do que o timbre da voz — essa qualidade que decerto ela mesma conhece tão mal de si; ou melhor, que conhece inteiramente outra.

Essa voz tem uma existência interior, *por outro lado*. Tudo o que pensa se fala, se ouve; e a fala assim produzida *tem um som que não é um som* — e uma articulação que é um fantasma de articulação.

Nada é mais interessante nem mais difícil de conceber do que essas existências mentais que têm (ou estão *próximas de ter*) todas as únicas propriedades de existências reais que...?

Que problema! — o que é essa transformação? (que a famosa dúvida a respeito da realidade fez os filósofos negligenciarem). (1936. *19377, 42*).

*

A não-contradição e as perfeições são os atributos da inexistência (1936. *19377, 44*).

*

O espírito encerra do que se encerrar,
do que se fazer um sonho — uma dedução, uma obra —
um tempo de lembranças — um sistema — —
que são modos de convenções interiores e durante as quais ele
sabe mais ou menos nitidamente (exceto nos sonhos, mas não em
todos) que, estando dentro, ele contém, porém, o que o contém; que,
absorvido por inteiro, é porque ele se faz *parte*.

Cada *esfera* onde ele se encerra *pode* essencialmente voltar a ser
ponto, e cada ponto, se tornar esfera.

Cada *coisa* se tornar *signo*, e cada *signo*, coisa.

(o que toca na memória) (1936. *19377, 44*).

*

θ / φ   Eles disputam o *real*, o que é ele, o que ele é, o que ele não
é — mas por que não riscar essa palavra que, ao ser disputada, deixa
de ser um bom instrumento de expressão e de troca, e de distinção,
para se tornar um ídolo de múltiplas faces —

Originalmente, essa palavra é boa para *negar* — e só se define
como o *número primo* — a qualidade daquilo que não se consegue
reduzir (1936. *19377, 46*).

*

Roma

Não gosto das ruínas.

Gostar das ruínas — é colocar em jogo *muita imaginação de má qualidade* — do tipo "romântico" — ou seja, sem estrutura — cenário, e não construção — sem solidez — puramente instantânea.

Aí não há a imaginação potente — que efetua uma *rotação* e cujas substituições formam um sistema — ... qual?

Um sistema conforme ou comparável àquele de uma transformação com conservação do *necessário* e não somente do *suficiente* — "Suficiente" é a decoração. Mas quem se desloca um pouco já vê seus papelões. Não se pode fazer a volta. E quem olha mais de uma vez tem vontade de fazer a volta. E caso se atravesse uma porta, você se encontra não no palácio, mas nas coxias.

Não se pode "pensar" Eviradnus.

É um feito feito... de *efeitos* — mas efeitos sem... causas!

— As ruínas me entendiam. E quando elas me interessam — é por serem não ruínas, mas formas ou figuras... interessantes, *apesar* de ruínas. (1937. *19381, 2-7*).

✳

Organizar um retângulo é um problema capital.

"Uma página"? — Tela. Lugar.

Página ou retângulo, o arbitrário está lá. No começo é a ausência.

Retângulo? Ou seja, o solo...

Vai se *fazer aqui a destruição de um possível*.

Vai se fazer aqui a reunião e acumulação de constituintes que reagirão uns sobre os outros. Criação.

Tapete, poema, quadro; exposição de transformações analíticas — mas tudo isso é *poema* também do intelecto.

Coisa infinita margeada, esfera —

— É preciso a isso adicionar a Ação. Elevação do *peso* — a fixação sobre esse lugar é acumulação no alto da torre.

Dois "tempos" — um e outro.

— O que você vai fazer dessa liberdade?

De um nada, incidente, tão negligenciável e nulo quanto se queira, nasce o que invadirá o dia e o vazio — Avolumamento — como uma proliferação de ideias, de atos, de signos — há, portanto, uma carga, um meio carregado que por ali se descarrega — uma pessoa passa, e sua indeterminação cessa, e ela se torna um tigre amoroso — se transforma — Potencial passa ao atual (1937. *19381, 23*).

✳

Modenatura.

Passagens e modulações — O segredo mais fino da arte — e marca da arte primorosa.

Quem o ignora é uma besta — mesmo que poderosa. Isso liga o dedo ou mão que passa à forma da luz-sombra.

A natureza vivente aqui é invencível. Ela sabe arrematar uma haste, abrir um orifício, desdobrar as extremidades de um canal — prolongar um órgão externo, incrustrar um globo.

Transições.

Mas esse problema é profundo — pois não é outro senão o de combinar a *ação* com a *matéria* (no sentido relativo de coisa que se conserva) ou o de opor e combinar a *construção* com a *formação* (cf. *signi[ficativo]* e *formal*. Ainda não (depois de 44 anos) desembaracei esse negócio) (1937. XIX, 824).

*

O saber-fazer ganha do saber. Leonardo viu que conhecer verdadeiramente *A* é fazê-lo e — que saber fazê-lo ganha ainda mais porque sabe fazer A, mas também *A'*, *A"* — que são irmãos de A.

Anatomia comparada (1937. XIX, 858).

*

A Principal dificuldade em Arte é evitar a sensação do arbitrário ou a sens[ação] da possibilidade de mudar alg[uma] [coisa]. "A necessidade" é sensação oposta, mas necessidade em arte, aparência dessa impossibilidade —

donde uma justif[icação] das regras e convenções que, em suma, se opõem ao mesmo tempo à — confusão com o uso prático

sensação de arbitrário

arbitrário de execução

(1937. XIX, 902).

✳

Poét.

O feitiço da arte reside p[ara] mim nas inúmeras maneiras de ver a mesma coisa e de conceber uma pluralidade de tratamentos possíveis.

Isso é verdadeiramente "filosófico" e, naturalmente, os filósofos fazem justamente o contrário, esforçando-se para encontrar uma expressão única e exclusiva! O que é bom p[ara] o médico por causa dos meios de ação — — Mas o pensamento e a produção se afastam disso. "O erro", os mitos estão entre seus bens e acréscimos legítimos (1937. XX, 331).

✳

Tentar salvar a Perfeição — no naufrágio que são os tempos modernos salvar a ideia de perfeição — a ideia de duração, *de trabalho* tão belo quanto a obra (1937. XX, 578).

✳

O que há de mais importante no verso é 1º sua existência como verso, ou seja, série [] de emissões bem — encadeadas. ~~Entre 2 sílabas~~ A substituição de sílabas sucessivas deve impor uma forma (de ação fono-acústica).

2º seu papel articular — artrogênico! Ele deve ser, e engendrar, o discurso quanto ao encadeamento, ao "movimento".

(E o que há de mais importante em um poema é a *Sintaxe*.

Nome que poderia convir também à distribuição das partes significativas funcionais do discurso, ao agenciamento das sílabas e dos grupos — versos.

Sintaxe da ação verbal.

O verso só pode existir se os elementos auditivos se sucedem suficientemente perto — de modo que o seguinte seja *como que um efeito* do precedente e como que producente de *espera* do próximo. Cada elemento realizado, satisfeito de um plano é demanda de outro (1937-1938. *19388*, 3).

*

Verso
Por que a Rima fica (em geral) no *fim* do verso?
É que o fim do verso é ao mesmo tempo resposta e demanda?

O verso é uma série de sílabas e de intervalos
cuja emissão está sujeita a
condições auditivas (voluntárias) que fazem depender
cada som do precedente e do seguinte — segundo
contraste e similitude.
                    (1937-1938. *19388*, 7).

*

[*Sensibilidade*]
Variação — necessária
— Instabilidade ao instante —
auto ou hétero
O auto e o hétero se suplementam.
Bordeado — limiares — extremos
Grupos

∗

Poïein — Pintor

Há um *fazer* primeiro.

> É uma verdadeira produção que faz o pintor, ou melhor — *que se faz do pintor* —, quando ele se amarra pelos olhos a alguma disposição das coisas vistas e, sendo seduzido pelo que vê, começa, sabendo-o ou não, a operar sobre esse conjunto, com o espírito combinado aos atos dos olhos, e já fazendo algo de si, não sei *que outra coisa* que não aquela visível a todos nesse lugar. Porém, ele desenreda as partes e as particularidades puramente visuais, observando aquilo que, *em relação apenas à visão* e não à significação, se assemelha, se agrupa ou se opõe (que são *nomes* DE ATOS *virtuais!*) — como se ele ignorasse o que eram essas coisas tal como podiam ser nomeadas, usadas ou pensadas — entretanto as UTILIZA como trampolim para "valores" inteiramente outros. Um poeta é subitamente interrompido, *enfeitiçado* por uma palavra... essa hipnose é unicamente do poeta — *essa palavra ganha poderes estranhos nesse instante* singular. Ela se faz origem múltipla de caminhos, descobertas, vias — seu sentido médio se distorce, retorna; e esse elemento de passagem se transforma na encruzilhada da floresta (1937-1938. XX, 689).

∗

Sobre a enorme questão do Potencial ou Virtual —
— ideia escolástica rejeitada por esse motivo e inicialmente excluída da mecânica — (cartes[iana]) como algo não claro

— depois renasce à ocasião das aç[ões] à distância.

Era necessário dar um lugar e um valor à distância simples — e observar que a *energia atual* não permite escrever o destino de um sist[ema] de corpos. Depois, a eletric[idade], depois o magn[etismo], depois a química. Explosivo. Em realidade, impossível estudar uma transformação sem esse implícito.

Há que se desembaraçar esse nó em que a noção de possib[ilidade] e aquela de probabilidade e aquela — etc. se misturam.

O que não é, é. O que é verde é vermelho. O que é imóvel está em movimento. Ora, sempre associamos à percepção uma modificação possível — O tabuleiro ⚡ e ‖ .

Trata-se do que eu já disse a respeito da criação pelo vazio. Isso também se constata pelo que se pode chamar de excitação pela possibilidade — A montanha sugere ascensão; o mar, embarque (donde vêm muitos temas de poesia) — a criança maneja tudo o que lhe parece variável. O poeta, o negociante. Napoleão observa a paisagem como estrategista — outro, como engenheiro. Para todos eles, o que existe não basta. Há sugestão de ação, variação, tangente ou extrapolação. E isso é capital.

Proporção percebida = sensação de não-variabilidade (1937-1938. XX, 741).

✳

Dizer que M é um *mito* é dizer que se pode substituir M por M' sem inconvenientes sensíveis na ordem de coisas O.

A menção de O é essencial.

Resulta daí que o defensor ou pregador de um mito busca aumentar 1º a importância de O e 2º os inconvenientes de M'.

Ou seja, negar a natureza mítica (a possibilidade M'/M). Ademais, o *mito* é verbal. Logo, um *excitante*.

(Mas esse verbo faz correr o sangue)

O *mito* é substantivo — Política, sociedade.

Mas ele pode se comparar a essa curiosa polarização do olhar que faz *ver* um tabuleiro ora como um sistema de direções *retas* de lado, ora *oblíquos*. É preciso um *despertar* para passar de uma visão à outra. Ou admirar-se da mudança. E é o *mesmo tabuleiro* (objetividade) ˣˣ

Todas as nossas palavras abstratas que não têm definição <u>precisa</u> são míticas.

XX o mesmo ocorre com o mesmo retângulo   bem diferentes para o olho segundo a orientação própria ao observador (1937-1938. *19388, 48*).

※

A querela do verso livre ou não se resume nisso: o que se quer deixar ao arbitrário do leitor? (1937-1938. *19388, 55*).

※

A invenção do *pronome* é uma das mais curiosas da linguagem — ela está em relação imediata com a das *pessoas* do verbo (ou seja, do discurso, pois *verbum* etc.).

O pronome não fica no lugar do nome. É um símbolo de posição — um EU supõe um TU (complementar). | EU ⇌ TU | com EU > TU, ou seja, um *valor de desigualdade*.

É preciso construir uma forma ou figura do fenômeno Fala — mesmo que se deva lhe empregar as imagens do físico.

Em um tipo, o EU manifestaria seu papel funcional cardinal (1937-1938. *19388, 57*).

✳

Forma. Formas.

Eis tudo — quem não a compreendeu não compreende nada da parte sublime da arte.

O que nos leva à criação pelas próprias formas.

Fiz tal poema a partir de uma figura sintática, sem saber do que se trataria

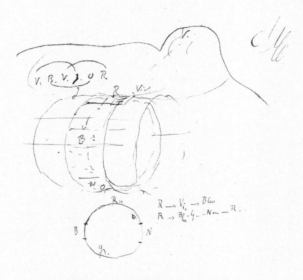

(1937-1938. XX, 771, *19388, 60*)

✳

"Gênio" exige uma *liberdade* interna que permite à produção da sensibilidade tomar toda orientação.

É o caso do tabuleiro visto segundo retas ou segundo oblíquos (1937-1938. *19388, 60*).

*

Teoria do Corpo Verdadeiro

<small>Nem que fosse por um subgrupo da sensibilidade</small>   Chamo de *Corpo Verdadeiro* = a coisa *que responde*, a coisa que demanda; ~~aquela que começa e acaba~~; Como fazer nítido esse *Nosso Corpo*, esse objeto privilegiado — Inequalizador do espaço.

O sistema que pode se propor por duas vias — — por ex[emplo], tocar-se. O ponto tocado = 2 sensações.

Quais são as invariantes que aí percebemos?

Medium   Os 3 implexos
Impl[exo] do espírito

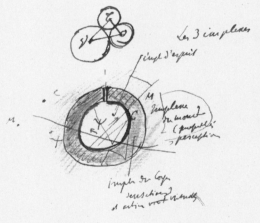

M
Implexo
do mundo
propriedades
percepção

Implexo do corpo
sensações
e ações virtuais

(1937-1938. *19388, 65*).

*

Gl
Paradoxo do estado artista.
Ele deve observar como se ignorasse tudo e executar como se soubesse tudo.

Nenhum conhecimento na sensação, mas nenhuma ignorância na transformação.

De modo que: 1. comportar-se como um *sentido* puro e isolado em um 1º. momento; 2. e, em um segundo momento, como um sistema humano completo (1938. XXI, 114).

✳

Nossa linguagem é mais ou menos estranha para nós e há, em quem nasceu escritor, uma espécie de flutuação entre o sentimento de se confundir com a expressão que ele sente nascer de si e de se incomodar com a faculdade mesma de exprimir e seus recursos.

Desse modo, o cavaleiro esposa o cavalo, mas o leva ao obstáculo (1939. XXII, 140).

✳

Matem[ática]. Operações — o Fazer

A matemática resulta da possibilidade de operar sobre números sem levar em conta suas grandezas.

$a + b = c$ só é verificável *em coisas* entre / dentro de / limites estreitos. Porém, nós pensamos que $10^{100} + 10^{100}$ tem sentido e *iguala* $2x10^{100}$. — É que não distinguimos 10^{100} de 1, que conhecemos e imaginamos absolutamente. Todo número é, portanto, manipulado como uma unidade ou objeto (1939. XXII, 458-459).[52]

✳

Domingo, 7 de setembro de 1939

Na casa de Nadia Boulanger — em Hannencourt — Stravinsky — Conversa sobre o ritmo ao lusco-fusco. Ele vai procurar os textos das conferências que acabou de escrever e apresentará em Harvard.

---

[52] Reproduzido na seção *Mathemátiques* da edição Pléiade dos *Cahiers* (CHII, p. 819).

Ele os chama de *Poética*, e as ideias principais têm mais de uma analogia com as de meu curso no Collège de France[53] — 1ª aula (1939. XXII, 562).

✳

Teu corpo é ao mesmo tempo um peso e a força que anula ou desloca esse peso.

Teu espírito é ao mesmo tempo demanda e resposta.

(1939. *19404, 71*).

✳

Todo ato é finalmente reflexo. O ato consciente só é consciente ou em seu traçado de estanque mental, ou por resistências e antagonismos inseridos ao longo de uma modificação muscular — assim, repousar um fardo sem choques só pode ser algo consciente. Há duas formas de consciência: *consciência de prescrição e previsão*; e *consciência de execução* (1939. *19404, 71*).

✳

As 3 batidas

Sempre o problema: $A \to B \equiv B \to C$, no qual A e B não *existem* mais quando C, que determina a relação, se produz. Nós o exprimimos muitas vezes assim: $A \equiv B \_ t$; $B \equiv C \_ t'$ e $t = t'$. Esse t só pode ser da natureza de uma sensação, e se A, B, C são ruídos — essa sensação que não é auditiva é necessariamente *motora*, tal como a mão pode assimilar um ato — uma percussão cuja batida coincide com os ruídos. ~~A batida~~

---

[53] Referência ao curso de Poiética que Valéry deu no *Collège de France* entre 1937 e 1945. Cf. "Primeira Aula do Curso de Poética", in: VALÉRY, Paul. *Variedades*. São Paulo: Iluminuras, 2000, p. 179-190.

Ora, a distensão de uma batida uma vez regulada deve ser sempre igual tal como a queda de um corpo que retomou a mesma altura.

E há *certamente uma relação com o ritmo respiratório normal* cujo papel em todos os atos é *capital* — e que domina a *Espera* (1939. *19404, 72*).

✳

As 3 batidas

Para criar a impressão ou sensação de igualdade de intervalo entre acontecimentos sucessivos, *é preciso ao menos 3 — evidentemente!* — O 3º *responde* a uma espécie de demanda criada pela "sobreposição" dos outros 2. *Cada uma das batidas desempenha um papel diferente.* Como se a combinação das 2 primeiras tivesse criado uma necessidade ou desvio que a 3º preenche — — Fecha um ciclo. Cf. Uma proposição C/B = B/A.

| *Todo ato, em si, é repetível* — donde tiro:

| *Toda repetição tende a engendrar um dispositivo de ato* — o ato que a produziria.

É preciso distinguir a *repetição* da memória. Há *memória* de um odor — mas não *repetição* — pois o elemento *ato* está em falta. Só há repet[ição] de acontecimentos *auditivos*, táteis e *visuais* — (e não acrescento motores — pois: *repetir = motor*). É preciso *poder* reproduzir ou imitar para que haja repetição.

Se o estado de tensão dura > () ele não fica mais em relação sensível com seu nascimento e seu fim.

O ritmo é a figura do ato cujo potencial e atual são sensivelmente demanda e resposta um do outro — donde reprise (potencial aqui = sensação de contração, constrição; atual = distensão —

A
aproximar
do *som* e do
ruído
Observar
aqui o papel
dos íveis

espacia-
lidade dos
ruídos

Ora, o que caracteriza o ritmo é a reconhecibilidade — uma série rítmica *cria* sua reconhecibilidade — como uma figura "geométrica" simples —

Ademais, a *inteligibilidade* é um caso particular do *reconhecível* — *reprodutível*. São nomes diferentes da propriedade que certos fenômenos sensíveis têm de serem *possuídos*, por oposição a outros que permanecem *incongruentes*, informes, [ilegível], e são os mais frequentes. Logo, caso se acumule os primeiros — o resultado se distingue — e há *arte* = 1º seleção de fenômenos, produtibilidade possível — 2ª agenciamento deles.

Além disso, todo *ritmo* é traduzível por intermediação da motilidade. Cf. o desenho — a "linha".

Represento um ruído nítido e distinto por um círculo que nasce de *um ponto* e se alarga rapidamente, depois se retrai e se anula. Esse ponto está "no espaço" (acomodação —) —

Assim, desde o limiar da observação de um fenômeno auditivo — *o espaço não está ausente* — pelo contrário, ele define o presente; *seu modo. No começo da audição* está o movimento dos grupos motores necessários para que ela esteja no máximo *de nitidez* (o que consiste às vezes numa busca de diminuição de intensidade).

seletividade

Às vezes esse primeiro momento se complica com modificações mais profundas — que introduzem um dispositivo psíquico *para* selecionar — seguir uma série — numa confusão de ruídos diversos.

Assim, o que se chama *ouvido pode alguma coisa* — modificação de orientação e modificação de *sensibilidade*.

x e seus
para-além
internos.

Em geral, não se pensa nisso, considera-se preguiçosamente esse sentido como recebedor e não recusador — ora, ele se aplica a distinguir, a *dar sequência somente a...* etc. E isso tem importância capital para a inteligência de artes de base auditiva.

Inicialmente valor singular dado *aos sons* — às custas *dos ruídos,* e criação do universo *sonoro.*

Em seguida, a própria ação da música e do discurso deve talvez derivar da modificação pelas sensações antecedentes, sendo elas próprias efeitos das sensações seguintes, por causa da modificação do "receptor" por essas modificações antecedentes.

A *sensibilidade* à nota D ou seu *valor* dependeriam das notas precedentes. O aparelho não sendo o mesmo – isso se mostra bem caso se admita que os sons supostamente *recebidos* são na realidade *produzidos* (é o que creio) —

Em suma, alteração do valor provável do som isolado.

A espera. Fazer esperar. Duração da distância.[54] (1939. *19404, 73-74*).

---

[54] Parte dessa passagem já reproduzida na seção *Temps* da edição Plêïade dos *Cahiers* (CHI, p. 1358-1359)

✳

Elétrons e C°

Ouço vozes no quarto vizinho. Não compreendo o que elas dizem, nem mesmo em que língua se fala.

Mas isso me obriga a imaginar *pessoas* pois não posso conceber vozes sem algumas.

Assim fazemos para imaginar os elétrons, "vemos" corpúsculos —

Porém, há mais de uma voz que se ouve e, se eu tensiono o ouvido para isolar uma delas, isso é — agir — ! (1939. *19404, 75*).

✳

Melodia — série de notas que engendram o que é preciso para reproduzi-la por uma ação una...

Série que se faz minha; e acrescento — que o Mim, reciprocamente, *se faz série*. (1939. *19404, 75*).

✳

T

Dá-se frequentemente o nome de *Tempo* ao que se pode representar por *uma quantidade* em uma sucessão de fenômenos. Essa percepção de uma quantidade — quaisquer que sejam os fenômenos — é localizada sempre numa região do corpo sentido (C) cuja sensação *contrasta* com as substituições do resto (ideias, sensações etc.). Esse contraste é um desvio. E ele é sempre ou produtível (ou seja, *motor*) e produzido, ou *sofrido* (e então tende à dor). Toda *duração* que não deriva do querer é pena e, então, dor (1939. *19404, 75*).

✳

Ritmo

Quando as notas se seguem muito rapidamente, o elemento motor supera o elemento sensitivo — não são mais *sons*, só se veem *atos* — como se o ouvido tivesse somente o tempo de transmitir, e não o de reconhecer — então é um *estado* que é produzido, e não uma *forma* — não há mais intuição de um ciclo fechado (1939. *19404, 75*).

✳

O espírito produz o que recebe e recebe o que produz.

"O que ele recebe" se distingue "do que ele produz" pela época — como se pode ver fazendo variar a percepção dita exterior no sentido de uma melhor *recepção* — e isso consiste em eliminar "o espírito". *Ver vagamente conserva o espírito*. Uma sensação intensa o expulsa.

Tudo o que se relaciona ao *espírito* tem a ver com trocas (1939. *19404, 76*).

✳

O caminhante progride fazendo sempre o mesmo ato. Enquanto o *caminhante* se repete, o *observador* a que está ligado vê outras coisas. Há, de *um lado, identidade*, e, de *outro, mudança* (1939. *19404, 76*).

✳

Blasfêmia Geométrica (Infinito)

Eu me pergunto se haveria um inconveniente grave em não introduzir o infinito na geometria — salvo como artifício de cálculo e expressão de uma divisão por zero?

O infinito matem[ático] é uma maneira de enunciar a palavra *Poder*. "Posso adicionar 1 qualquer que seja n". É destacar o ato de sua matéria. Mas caso se observe *minha* condição — de não o admitir exceto no caso em que se PODE *fazer o contrário* — o que é característica do *finito* — então o infinito desaparece. Ora, é a observação do ato real que me sugere isso.

"Prolongar uma reta ao infinito" não tem nenhum sentido, salvo o de negligenciar tudo o que não está no instante mesmo do ato (1939-1940. XXII, 858-859).[55]

✳

Sobre a fantasmagoria cantoriana — transfinitos —
Todo o mal vem do erro dos matemáticos que chamam *Números* coisas muito diferentes.

Se pego um punhado de bolinhas, posso contá-las por meio de um alinhamento e de uma convenção de *nomes* que diferem a cada separação de uma bolinha passando do / de um / monte ao outro — (embora as bolinhas possam ser iguais ou tidas como tal — só *o ato* "conta").

Mas posso 1º considerar tanto o monte como cada uma; 2º contar em uma ordem qualquer.

Isso acaba sendo generalizado. Supõe-se que mesmo um monte com 10^{10} pode ser considerado UMA *coisa* e contado em todas as ordens.

Mas caso se ouse aplicar esse procedimento a uma grandeza — ou seja, buscar um *número* que *só dependa da unidade escolhida, qualquer que seja a grandeza* que *se queira assim "medir"*, é evidente que 2 grandezas tão diferentes quanto for possível poderão ser "de mesmo número" se forem tomadas as unidades convenientes.

Acho vicioso e fantasioso considerar as grandezas como *formadas* por *pontos*. É bem possível determinar *pontos* sobre essa grandeza, ou que lhe pertençam, mas não construí-la por pontos. As pessoas dizem isso e mesmo *fazem* isso — mas acrescendo-lhe *não-pontos* — a

---

[55] Reproduzido na seção *Mathemátiques* da edição Pléiade dos *Cahiers* (CHII, p. 819).

ligação. Não se pode considerar mais de um ponto. Caso se queira considerar 2, o olho lhes traça uma reta.

Tudo isso se resume numa crítica do procedimento matemático (de resto, muito fecundo) que consiste em explorar *a passagem do ato à coisa* e a recíproca. Uma curva é um *objeto* e *um ato*. Um número é uma produção por atos etc. Mas... etc. (1940, XXIII, 102-103).[56]

✳

Em literatura, considero naturalmente o grau de organização dos pensamentos, vontades e meios do autor — tal como aparecem através da obra. Tal como a matéria de Einstein não é senão uma dobra do espaço-tempo, assim é a obra no universo do espírito (1940. *Rueil-Paris-Dinard I*, XXIII, 299).

✳

H.

"Acaso ou gênio"

O que é ou parece *acaso* para uns — é atribuído ao *gênio* por outros. Os primeiros são de longe os mais numerosos.

O gênio, acaso muito favorável vinculado a uma pessoa. É possível que o trabalho do espírito, sob suas diversas formas (atenção, curiosidade ou agitação íntima) multiplique enormemente os lances e, portanto, as chances. Mas tanto quanto a produção de combinações, tem importância nessa questão a escolha, a sensibilidade aos valores daquilo que a mente joga à consciência e ao momento. Ademais, é preciso considerar esta virtude sem a qual o resto é só fogo de palha — o poder de dar, *o mais rápido possível*, uma forma utilizável, perfectível e transmissível à descoberta instantânea. É *necessário ter como apreendê-la* (E às vezes é o poder de apreendê-la que a

---

[56] Reproduzido na seção *Mathématiques* da edição Pléiade dos *Cahiers* (CHII, p. 820).

engendra, por si mesmo, pela necessidade de se exercer) (1940. *Rueil-Paris-Dinard I*, XXIII, 389).

∗

Acaso e espontaneidade

Espontaneidade. O que é *espontâneo* se faz notar como tal (ou não seria assim qualificado). Ele é, portanto, da espécie do "acaso" — que é o contraste do *notável de um fato* com o *não-notável* de seu modo de chegada ou de formação (1940. *Dinard III 40, 19412,* 2).

∗

Moinho de Leibniz

3º F[austo]

A ideia que se tinha da "matéria" não podia evidentemente engendrar a ideia que se tinha de "espírito". Foi uma luta de definições primitivas e, em suma, de ignorâncias — que dura até o dia em que se foi obrigado a compreender que saber é somente poder, e que tudo é provisório e que toda proposição deve referi-lo a nossos meios de ação.

Leibniz visita o moinho e não vê nele nenhum traço de consciência ou de pensamento. Mas todo esse organismo não lhe mostra nem mesmo movimentos, caso ele esteja separado da corrente de ar ou de água que o pressiona a *agir* para moer... Um dínamo sem corrente é inexplicável — etc. Esse raciocínio intuitivo é de antes de 1800 (Volta — Ademais, a vida de uma pedra sobre a terra não diz que essa pedra pode cair. A água que, caindo, faz girar o moinho — não diz nada sobre isso quando está em repouso. Seria necessário ver o cérebro em atividade e os sentidos. Um cérebro morto e um moinho em repouso mostram apenas o que são: morte e repouso (1940. *Dinard III 40, 19412,* 4).

$$*$$

ψ

O que caracteriza para mim "o espírito" — é a *quantidade de acasos* fornecida e o *tratamento* que essa matéria de incoerência, de variedades, de variações e substituições, de intensidades, essa mistura de novo e de velho, deve receber, as rejeições, os valores dados, a desordem se tornando ordem, e a ordem fazendo renascer a desordem, em um sistema que só é concebível ~~como~~ por um efeito de si mesmo — como o mapa de um país é ele próprio uma porção da superfície que ele representa, e logo cada ponto dessa imagem é também um ponto do modelo (1940. *Dinard III 40, 19412, 4*).

a ordem engendra por si só a desordem

$$*$$

Ego. Percebo mais uma vez que as coisas humanas me interessam cada vez menos quanto mais elas se afastam do ordinário da vida, e se impõem por *acontecimentos* e não por *funcionamentos*. Os temas de romance, a história habitual — — tudo isso me parece ou eliminado e morto com sua época, ou arbitrário (mesmo extraído da observação), ou caso singular, patológico...

É preciso aproximar esse instinto em mim desse outro, que não me faz muito afeito ou arrebatado pela figura geral de uma paisagem; mas, pelo contrário, por sua matéria, rocha, folha, solo e água; e, em cada um, sua forma **; e entre todos, suas trocas. Mas os perfis me parecem qualquer coisa, e tão livres quando o que traço ao acaso com o lápis.

E isto: se penso "política", fio-me ao que posso revelar, sugerir; avaliar o exame e a reflexão das condições de existência e o menos possível aos acontecimentos e *aos sentimentos que lhes são ligados*, às suas lembranças, à sua espera.

** *forma*: quero dizer sua forma de equilíbrio próprio, sob a ação de forças atuais, excluindo-se a fabricação derivada das ações passadas — como as rupturas (1940. *Dinard III 40, 19412, 6*).

π
Há um deslize natural das produções da sensibilidade complementar em direção ao automatismo repetidor — e isso evidentemente no caso onde a função motora está em jogo, pois essa função é aquela (e é a única) que seria inseparável da repetição (1940. *Dinard III 40, 19412, 7*).

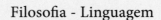

A lógica é um automatismo na ordem das convenções de signos. Ela tenta fazer o que faria uma máquina.

As percepções são divididas em *coisas*. A cada uma dessas *coisas*, [é dado] um *nome*, e, a cada nome, uma "definição", ou seja, uma relação a partir daí invariável entre esse nome e *outras palavras*, que devem figurar, combinadas de outro modo, em outras "definições". As *coisas* são afastadas. Então se realizam substituições (1940. *Dinard III 40, 19412, 7*).

*

Filosofia - Linguagem

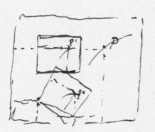

A metafísica é o lugar de imprudências, que excita a cometer e que permite desenvolver a liberdade de combinações que a linguagem tira de sua formação imediata desordenada. Sua natureza de expediente é esquecida (1940. *Dinard III 40, 19412, 7*).

*

Poiética   O hexágono

O primeiro que traçou um círculo, dividiu-o por seu raio, juntou seus pontos e viu surgir o hexágono convexo, e depois o estrelado, teve o choque de uma revelação, porque dessas operações sucessivas uma *figura* tão notável nascia como que por milagre, algo impossível de prever; tão impossível de prever quanto a cor (e odor) rica que se obtém a partir da mistura e da combinação de dois líquidos incolores (cf. nitrobenzeno).

O espírito tem suas surpresas. O resultado ultrapassa sua espera. Duas palavras reunidas subitamente se fazem maravilhosas. Mas é preciso também que aquilo que assim se forma *ressoe* naquilo que é preciso.

O alexandrino O hexágono *responde* a alguma espera latente na ordem da sensibilidade e revela a essa mesma espera uma *disposição* à *simetria saturada*, definida por 6 pontos.

Esse caso tão simples é muito rico em desenvolvimentos. A figura resulta da construção — mas não o efeito da figura. Cada ato de traçar é tão pouco um fator do efeito produzido quanto cada expansão das células epiteliais do molusco é um fator da graciosa forma do caracol — O molusco ignora essa graça e sua forma. E [há] algo disso na operação da arte pura.

É fácil conceber que se possa perseguir a formação *sem conse-quência estética* se aquilo que foi uma sucessão de atos não aparece imediatamente, *por uma espécie de acidente*, sob o aspecto simultâneo...

Esse *acidente* e suas ressonâncias, análogos a uma descoberta, dão consciência de algo inteiramente outro em relação ao que realmente se fez. Não é a soma dos atos — mas a combinação deles que cintila — mas ela não cintila senão pela ressonância com certas propriedades e uma *tensão* íntima dadas, tal como o vidro se quebra ao vibrar à sua própria nota.

Assim, quando me ocorre perceber certa ligação de termos ou ideias, reconheço bruscamente que isso vem de mim, para mim, por mim...

Escrevi "tensão" acima. Isso poderia se entender sutilmente. Seria possível imaginar que é uma tensão derivada da percepção brusca, logo, num tempo bem curto, de uma pluralidade até então sucessiva?? *Tensão de sensibilidade*.

Generalizo tudo isso — após um momento de distração —

Trata-se, em suma, de uma espécie de capitalização e de mudança de domínio e de amplitude, que se produz ou não. A percepção e consciência do produto exterior de uma quantidade de fatos acumulados na matéria conservante constituem uma *novidade*. É muito mais do que uma *integral*.

O geômetra constrói o hexágono — e dele tira o que ali se encontra. Mas ele não lhe dá um valor de espécie nova (1940. *Dinard III 40*, XXIII, 562-563, *19412, 11*).

✳

Gl.   Conselho ao escritor e sobretudo ao poeta —

Oriente sempre sua obra em andamento na direção do que melhor se desenha à execução e abandone sem hesitar uma ideia para seguir aquilo que nasce com sua forma plena (1940. *Dinard III 40*, XXIII, 632).

$*$

IIIº F[aus]to
Gl

Fáceis seriam as artes se soubéssemos onde está
o Bem em cada uma! — O que impressiona não é
aquilo que dura. E o que se sente e não pode durar
desespera — — — Sim, mas a duração é plena de
embustes e de acidentes. Ela é feita de tudo, tanto de
catástrofes políticas quanto das bizarrices de indivíduos
e circunstâncias comerciais. Quem teria dito que o
gosto de... A — retornaria e que... B em oito dias se
afundaria de forma definitiva no esquecimento; e
quem dirá que todos esses acidentes não terão seus
retornos? — Mas essa incerteza faz o sublime desses
métiers, ao menos entre aqueles que os sentem tão
fortemente a ponto de lhes conceder o lugar dos
instintos mais enérgicos e das potências da fé. Eu vi
M[allarmé] em sua verdade poética absoluta. Eu vi
D[egas] em sua inquietude e autocrítica implacável,
ensaiando todos os procedimentos, perseguindo a
forma com um rigor colérico e multiplicando as
experiências durante toda sua longa e furiosa carreira.
Digo: instintos — pois essas vontades fazem pensar
naquilo que se vê das formigas, quando se quer impedi-
-las de fazer seu ofício, barrando seu caminho, ou
quando se tenta desviá-las, semeando com obstáculos[x]
a rota a que estão fadadas e nela espalhando substâncias
desagradáveis; mas que nada consegue obrigar a não se
esforçar em perfurar, rodar, atravessar, tão semelhantes
à água ou à carga elétrica, que não podem deixar de
tender em direção ao seu equilíbrio.

(x) Mas
M[allarmé]
e D[egas]
eles mesmos
fazem seus
próprios
obstáculos.
E esses obstá-
culos são da
mesma subs-
tância que
seus impulsos.

Mas entre os insetos, como entre os humanos com instintos particulares, é o *ideal* de alguma obra ou tarefa a cumprir que é a força motriz — e que não precisa ser descoberta.

Mais que isso, é possível que com os humanos ela só consiga subsistir e agir se permanecer misteriosa e não declarada, incompatível com o conhecimento de sua natureza.

Diria, por esse motivo, que ser pintor é buscar indefinidamente o que é a Pintura, ser músico, a Música, e assim por diante. Mas trata-se de um jeito de me expressar, de fazer entender que, para os seres dessa estranha espécie, as obras (*não importa o que pensem*) são apenas resíduos exteriores de uma atividade da qual elas não foram senão objetivos aparentes, e necessariamente como tais. Eu escrevo *isso* — mas *isso* é somente o resíduo exterior do que se passa em mim, algo que poderia ser de outro modo, pois *escrevo isso* por acidente, associação, momento dessa manhã, e não sei por que *isso* — em que e pelo que esgoto agora mesmo a quantidade de certo "potencial" que me incomoda a alma (1940. *Dinard III 40*, XXIII, 640-641).

✳

"Saudações, Landgrave Hermann![57]"

Saudações a você, Richard Wagner,

O tipo de sucesso na via régia da grande Arte — aquele que conseguiu fazer o que outros sonharam — ou seja, a obra produzida a partir de uma análise profunda, o verdadeiro Poema — no qual a visão clara e a consciência do problema da ação da arte, de seus meios técnicos, de suas condições estésicas[58] — se alia aos recursos naturais, se alimenta da energia da vida apaixonada —

Síntese da faculdade de observação imediata, não secundária, mas primitiva, da concepção de ser humano, da capacidade combinatória e lógica — e da mais intensa individualidade, particularidade, sensibilidade sensorial e sentimental —

---

[57] Personagem do *Tannhäuser* de Wagner.

[58] Em francês: "esthésiques". Conceito relativo à percepção sensorial. Cf. "Discours sur l'esthétique", OEI, p. 1313 e também passagem da seção Eros (CHII, p. 530).

Eis um ser completo.

Poe, Leonardo — e também Mallarmé — sonharam com isso. Comparar a *Philosophy of Composition*[59] e a *Carta sobre a Música*[60].

Todos eles visaram dar um sentido à arte. Salvo Leonardo, não vejo nenhum pintor por essa via.

— Aqui o aspecto "religioso".

Metafísica em ruínas — Certeza = Beleza. Mas a obra não deve deixar nenhuma faculdade livre para arruinar o resto. Interessar o todo. Tirar da ideia de arte o programa completo da *existência de segunda ordem* (inútil e arbitrário) como a religião cat[ólica] fez empiricamente e com a deplorável necessidade do "fato histórico" e da demonstração "lógica" (1941. XXIV, 438).

✳

"Preâmbulo" — eu tomaria aqui as palavras "espírito", pensamento, conhecimento etc. com a significação de modos de desenvolvimento do poder de ação que pertence a todos os seres dotados de mobilidade própria, e essa mobilidade posta em curso pelas modificações internas do ser, as quais não são redutíveis aos princípios da dinâmica, mas se sujeitam somente aos da "energética".

Esse ponto de vista arbitrário só se justifica pelas vantagens teóricas que ele permite observar — (1941. XXIV, *19418, 5*).

✳

Transformação. Conservação —

Isso é bom para a Física que não dá conta das "épocas", ou seja, dos sistemas *únicos* — mesmo o princípio de Carnot se aplicando

[59] Célebre ensaio de Edgar Allan Poe sobre seu método de composição baseado na produção de efeitos no leitor, ali exemplificado ao seu poema "O corvo" ("The Raven").

[60] Ensaio teórico de Richard Wagner, a *Lettre sur la musique* foi publicada em francês em 1860 e marcou fortemente a recepção das ideias wagnerianas na França, dentre elas o "drama completo" ou obra de arte total (*Gesamtkunstwerk*).

em todo rigor *a todo universo* aboliria a física. Essa precisa, portanto, de sistemas não isolados — sem isso um corpo não cairia duas vezes identicamente.

Não se pode *fazer* nada senão em um *sistema não isolado*. (1941. *19418, 5*)

$$*$$

O *Eu* [Moi] é, no fim das contas, apenas um sinal e um fator — (2 coisas diferentes) —

sinal de chamado à identidade, *inalienável*, mas constituída somente por oposição a alguma coisa

e fator que pode figurar nessa alguma coisa como personalidade, particularidade — mas *absoluta*.

Eu sou "ao mesmo tempo" a mais geral e a mais particular das coisas possíveis —

Pois *eu me* oponho a todas e, dentre elas, àquilo que acabei de ser e vou ser — e sou e que não há limite para a particularização —

Do mesmo modo que — posso opor o ato e a sensação de minha mão a uma infinidade de corpos que ela *pode* tocar, apreender — e também olhar minha mão como um corpo e senti-la NÃO-EU — posso opor à minha faculdade de ver ∞ visões diferentes; mas opor também a essa faculdade o que não é ver em minha experiência, e que faz dela uma parte, um *fator* — logo 8 (∞) = 1.

$$\int_0^\infty dV = 1$$

Ver implica *o que não é ver* e que permite distinguir o *ver* (1941. *19418, 23*).

*

Espírito e Demônio de Maxwell

O sentido artístico descobre o estranho que está no banal, o novo que jaz no velho, o puro no impuro etc., restitui a força às palavras usadas etc. por uma operação contrária ao *princípio de Carnot acerca da sensibilidade*, que é a degradação pelo hábito (1941. *19418, 23*).

*

Implexos e atenção. Atenção é *ação sobre implexo*.
A duração da atenção faz aparecer no campo —

> similitudes e pertencimentos
> diferenças
> ordem *onde havia* desordem
> desordem *onde estava* a ordem
> o simples *onde estava* o complexo
> o complexo onde estava o simples
> o não onde estava o sim etc. etc.
> o complementar

Trata-se de *transformação por conservação* — conservação que é *especialização* — suspensão da *equipartição* ou equiexcitabilidade — há uma *excitabilidade da excitabilidade* e isso seja por via interna, seja por via externa — (1941. *19418, 24*).

*

Implexo.
Chamo *implexo* o conjunto de tudo que uma circunstância qualquer *pode* extrair de *nós*.

O que nós sabemos ou sentimos que nada pode extrair de nós também pode figurar no *implexo* a título de negação, impotência...

Nosso implexo nos é, em dado instante e em tais condições e circunstâncias, conhecido, ou melhor, presumido — (também por outros) — em parte; e desconhecido em parte, com relação a tal eventualidade (1941. *19418, 25*)

✳

Verso. Série de sílabas _{em número finito} cuja *dicção* faz ^{pode fazer} um todo do qual o *progresso* e o fim são sensíveis (1941. *19418, 28*).

✳

Um poema pode ser considerado como o último estado de uma série de transformações (que se torna origem) (1941. *19418, 28*).

✳

P[oïética]

Verso = unidade cíclica, ligação sensível entre cada ato elementar e uma *soma* = unidade —

O *verso é indicado*, despertado em potência desde os primeiros *passos* ou sílabas (como *o som* contrasta com *os* ruídos — o som *nota* desperta a tensão especial SOM MUSICAL — espera, relações harmônicas, tensão das cordas) — assim o verso, desde o tom dado, declara-se como *estado*, regime e domínio — com tudo que se segue dessa "mudança de estado" e em particular uma mudança de *valores* afetando as *coisas ditas*. O *proibido* e o *permitido* são modificados. O finito e o não finito também. O sentido e o signo não estão mais na mesma relação. O arbitrário e o necessário *do* [inacabado]

Verso, portanto, elemento inteiro do discurso no qual o som e o sentido concorrem _{igualmente e indivisivelmente} para um efeito composto —

Mudança de implexos	Essa ação composta cria um estado que se doa desde que os *primeiros termos fazem sentir* que o *andamento* não depende unicamente do *sentido* ou *objetivo*.

O "tempo" se introduz não como consequência da necessidade sucessiva dos atos — mas como regra de ação que a precede e domina — *interposta* entre a excitação-ideia e a emissão-resposta. Não há mais braquistocronia —

Quando o *débito* age sobre o próprio *débito* — ou seja, que a mecânica *verbal* é completa em si.

W + V Considere o aparelho de emissão ou ação — suas modificações sucessivas são, em verso, remetidas a um sistema de *unidades* homogêneas "comensuráveis" — quer dizer: elas conservam "elasticamente" a dependência das demandas-respostas de ação-percepção. O *sentido* não é *necessário*. A emissão *poética* da voz vale por ela mesma — no sentido de que ela não parece seguir ao acaso, mas ou é periódica ou procede por equivalências ou ciclos (de zero a zero) *imitáveis*, sugerindo atos vocais que se assemelham a alguma coisa, ou seja, àqueles que *engendrariam a sequência ouvida*.

toda imitação supõe: a *parte dá o todo*.

Toda forma =>

(1941. *19418*, 28-29)

✳

O silêncio $\left\{ \begin{array}{l} \text{é} \\ \text{tem} \end{array} \right.$ sede do som (1941. *19418*, 33).

$$*$$

Tempo de verdade

A *duração* significa *contrário do instante*: *não há outras espécies de tempo de verdade.*

O instante é sensibilidade pura.

A duração exige (1941. *19418, 33*).

$$*$$

Infinito — suposto que eu conte objetos. Digo 1, 2, 3, 4... a cada ato da enumeração — constituo um número finito. Se dissocio esse ato do *nome* observando que esse nome resultado do ato não altera o ato e *não tem nenhuma relação* com ele, e que ademais a palavra *cinco* não é uma coisa *maior* do que a palavra *quatro*, posso chamar *infinita* toda pluralidade sobre a qual a operação enumeração não tem efeito. O fato de adicionar *um* não altera ou não esgota a propriedade de agir para adicionar.

Não existe infinito *real*, pois esse próprio termo implica separação...

Infinito — é o *inacabado* qualificado de *inacabável*. "Eu *posso* sempre adicionar 1" significa que o que já fiz não conta.

Infinito é estacionário.

"Aquiles se move parado".[61]

"Eu posso" = introdução da independência exprimida pela contradição: *faço e não faço* = nada se opõe à execução mental de tal ato (1941. *19418, 38*).

$$*$$

Um sujeito não podia pensar que uma linha se acrescesse indefinidamente, nem uma pluralidade.

---

[61] "Achille immobile à grands pas!" – citação de verso um verso do poema "Le Cimetière Marin", que foi publicado em 1922 no volume *Charmes*. Utilizamos a tradução de Álvaro Faleiros e Roberto Zular, in: Paul VALÉRY, *Feitiços*. São Paulo: Iluminuras, 2020, p. 169.

Ele não podia evitar constatar que atos de acréscimo ou de divisão imaginárias são tão limitados quanto os atos reais e que, se é possível sempre adicionar 1 a um número ou dividir um segmento em 2, é porque a cada vez se desfaz o que acabou de se fazer e porque a operação se torna possível como uma pessoa qualquer que, ao pagar certa soma, retomasse sub-repticiamente o dinheiro de quem ele pagou, para continuar o pagamento (1941. *19418, 38*).

✳

Dissociação funcional

Um dos problemas mais profundos é este: todo pensamento, invenção, produção se analisa em elementos de percepções anteriores — e consiste em combinações dessas aquisições — as quais *tiveram de ser dissociadas* até certo ponto, com seus elementos sendo liberados e disponíveis, podendo ser chamados e associados de modo totalmente diferente.

Nada vem ao espírito que não seja decomponível em elementos que já são conhecidos — (percebidos ou produzidos).

Nada *revém* ao espírito sem que ele o atualize (relacionar *ao passado* o que vem *no presente* é atualizar, introduzir esse presente).

— Como conceber essa partição? Ela opera velada.

Linha ou superfície

Uma grande e bela dificuldade é a seguinte: um sistema de impressões H, que é um conjunto tão heterogêneo quanto se queira, e ora desenvolvido em um espaço-tempo, ora em um tempo de espaço (1º uma série: discurso etc.; 2º um espetáculo), decompõe-se em elementos que se tornam disponíveis para novas combinações. Mas, por outro lado, ele permanece reprodutível in integrum. Assim, um poema e as palavras que o compõem. Aprendo a palavra *cigarra* por uma fábula: *conservo* a fábula e *adquiro* a função *cigarra* (1941. *19418, 42*).

✳

O princípio da degradação das sensações pela repetição é um princípio do gênero Carnot acerca da sensibilidade — que chega perto do Princípio das associações de vizinhança ou de retorno ligado das coisas vizinhas — *quaisquer que elas sejam*.

Esse princípio de degradação figura no de aquisição *instrumental*, ou seja, de supressão da percepção dos intermediários. Percebo meu pé, e não o membro intermediário. Sirvo-me de minha mão como se meu "espírito" agisse. O que vejo me diz seu nome e seu emprego às custas de sua cor. Sua cor se torna transitiva (é a mesma coisa na fase de aquisição de uma palavra) (1941. *19418, 43*).

✳

Poética
Curso natural — e sensibilidade.
O retorno ao instantâneo — (o instante sendo o elemento *sem tempo*, ou seja, sem auxílio ou apoio de energia estrangeira à função excitada —)
Donde — *tudo o que é instantâneo* (nesse sentido) *é local*. Eis uma lei.
(1941. *19418, 43*)

✳

Verso — poesia — e *Durações*
A "definição" deve levar em conta a *energia* que, nessas questões de *ação* (pois a poética é uma *questão de ação*, e a ação deve estar no primeiro plano) — deve ser ela mesma considerada em ciclo — e — dado que há Poesia — esse ciclo fechado (simples ou com diversos períodos — 1 verso ou vários em série até o fim da *frase*) sugere uma

transformação e conservação — na qual formas diferentes de energia *comungam*, equivalem-se como U, W[62] (potencial, atual, interno...)

A análise prosódica e métrica do verso é grosseiramente insuficiente.

Com efeito, ela não chega ao *comprimento do verso*, que ela considera como uma convenção. Mas esse comprimento não é convenção no *ato* (quando não há *rima*, e se há *verso*, alguma coisa *deve* substituir a rima, assumir sua função e essa coisa não pode ser pura convenção) — esse "comprimento" não é uma duração simples, mas uma *duração organizada*, ou seja, não independente de seu conteúdo.

Ora, nesse caso, a transformação total de zero a zero consiste no ciclo percorrido a partir de uma *impulsão* inicial, no domínio de atos atacado —

Em suma, *o verso é um fato energético*, um modo de degradação de energia sensitivo-motora regulado pela previsão de seus efeitos (1941. *19418, 43-44*).

＊

Verso = unidade de dicção poética —
De início, seria necessário definir a fala (1941. *19418, 44*).

＊

Verso: unidade de acordo entre
       um *pressentimento energético* ou uma carga inicial de
       ação motora fônica — com *previsão orgânica dos limites*
       de desvio; uma medida comum em equivalência

E quanto ao sentido — e inicialmente quanto à partição em *palavras* ou repartição das sílabas em grupos-palavras — ele se marca pela modulação da emissão se desenhando *sobre* o regime de equivalências e de energia percebida —

---

[62] N. T.: U = diferença de potencial / energia potencial; W = potência elétrica (Watt).

Dizer versos — é prever organicamente uma lei dos atos — ela mesma sob dependência dupla ou tripla 1º da previsão do produto *auditivo provável* desses atos; 2º do efeito *significativo* desses produtos — e o ritmo é organização que tende à recuperação ou instituição de um regime que torna as respostas demandas (1941. *19418, 44*).

✳

EU [Moi] —

Tudo exige um qualquer.

("Tudo", de início = o que quer que seja, e depois "tudo" = o contrário de nada — também:) um conjunto.

Não há conjunto sem um "ponto" *fora* dele, e não se pode adicionar-lhe esse ponto sem definir outro ponto exterior ao conjunto. Um "EU" — um "contra tudo".

$E \Rightarrow 1; E + 1 = E \Rightarrow 1$

Um é insolúvel, o que quer que seja E.

Esse *Um* pode se designar por *0* — pois ele se opõe a Tudo (1941. *19418, 56*).

✳

Os atos fundamentais — (não constantes —)

Conservação do Possível — —

1º Adaptação à circunstância

    Juntar, atingir.

    Fugir.   Locomoção pura

2º Execução de manobras vitais diretas

    Comer, beber, reproduzir-se.

3º Adaptação do meio às necessidades

    Construir moradia, armadilha, colmeia, asilo, fortaleza, esconderijo.

    Aqui já aparecem alguns motivos decorativos:

As manobras nupciais, voos, danças e os jogos animais — — donde as *imitações*.

Nesse ponto, a utilidade já está corrompida — ela existe ou, pelo menos, é facilmente imaginável. Mas tais acessórios de ação JÁ mostram certo desvio — que se exprimiria por uma *espécie* de *embriaguez* resultante do excesso de energia livre no organismo. Uma autointoxicação por insuficiência no emprego dos recursos — e então aquilo que devia ser alimento das respostas da ação às excitações exteriores abunda e torna-se ele mesmo um excitante ou superexcitante.

É aqui, portanto, que começa o luxo, o desvio.

Eis que então surge o *inútil real*, as percepções e ações (que a maioria [das pessoas] não pressente).

Ademais, isto é algo para se refletir. É a não adaptação exata do animal ao seu meio, o "jogo" desocupado — que já aparece no desperdício dos germes, a *morte indispensável à vida* (de início, daqueles 99../10.. de germes (espermat[ozóides]) que mostra bem o desvio — a fissura da máquina da vida pela qual o *Espírito* poderá deslizar — a brecha para a arriscada aventura do conhecimento e da *criação de obras*).

Criação que pode ser interpretada para além de sua significação imediata como tendência a *refazer esse* mesmo *criador*. As obras assumem então um segundo sentido — as mais belas obras dão a ideia de seres dos quais elas seriam as manifestações normais orgânicas — os produtos naturais prováveis (1942. XXV, 457-458, *19425, 25*).

Apólogo

A rã quis se tornar tão grande quanto o boi.[63]

O começo dessa operação foi satisfatório.

---

[63] Reproduzido com variantes em *Mauvaises pensées et autres*, in: *Oeuvres II*, p. 894.

Antes de explodir, ela pôde ter a ilusão de que crescia, conforme seu plano.

Mas outra rã quis se tornar tão pequena quanto uma borboleta.

Ela não conseguiu nem mesmo começar a diminuir. Moral da história: é mais fácil se fazer ou — para ser mais exato — sonhar, tentar ser maior, do que se fazer *menor*.

Isso se observa entre os poetas e artistas que assumem[x] as maneiras, as vozes grossas, a escritura muito repisada, o desígnio sumário e os atalhos fulminantes adotados naturalmente por alguns *grandes artistas* em seu "estilo tardio", e que os primeiros tomam emprestado desde o começo.

x muito precocemente

Fazer o inverso seria mais penoso — ou seja, dedicar-se a conhecer de perto aquilo que empreendem, a limitar o anseio de genialidade pela vontade e paciência exigidas pelo simples rigor. Passem primeiramente dez anos desenhando um pé sob todos os ângulos; e depois v[ocê]s poderão tentar o retrato de uma maçã ou de um peixe. — Mas, dizem, é o ímpeto da criação que me instiga — — e seus prodígios.

Não — é a facilidade — etc. e v[ocê]s pensam mais nos outros do que em si mesmos.

Cf. Poemas de Hugo e seus *desenhos*. Os do início e do meio — e do fim.

Idem Rembrandt — retratos muito corretos e eruditos do primeiro Rembrandt. A ousadia final — e não a ousadia inicial. Pois a final se faz no *métier* — e dele resulta para aqueles que tenham encontrado a via *do universo do métier* — ao passo que a inicial vem *antes do métier*.

Há exceções — ou seja, casos que não podem ser calculados. Mas, no geral, elas são *literárias* — Entretanto, Mozart.

Elas não existem no desenho.[64] Hokusai com 99 anos. Não há pequenos prodígios em escultura ou pintura — apenas "disposições" (1942. XXV, 638).

---

[64] Célebre desenhista e gravurista japonês (1760-1849), morto aos oitenta e nove anos, e não aos noventa e nove, como diz Valéry. Ele produziu algumas das suas maiores obras na sua velhice.

✳

Na prática literária, as *palavras*, em média, dão o mesmo tanto de *ideias* (de possibilidades) quanto as *ideias* dão de *palavras* (1942. XXVI, 519).

✳

O problema mais profundo da arte.

Fazer uma obra de tal modo que as variações impossíveis de prever, do gosto e das necessidades futuras se produzam, e ela possa ser interpretada diferentemente de sua época, adquirir um *sentido* não pretendido por seu autor e responder a alguma sede do novo tempo, se não instigá-lo com essa sede.

Probl[ema] particular. Como um público de 19... pode apreciar ao mesmo tempo "Racine e Shakespeare"[65]? O que eles têm em comum? Que deformações tornaram isso possível? E eram então possíveis?

Trata-se de um probl[ema] de "similitude" (1942. *Lut. 10.11.42 com "tickets"*[66], XXVI, 551).

✳

AEsthetica Mea (Grande Arte)

— Modulação. Essa ideia-imagem me deixou apaixonado — há 40 anos. Um modelo é a passagem de estação em estação.

Mas a verdadeira noção pertence à sensibilidade — passagem insensível por uma sucessão composta não contínua e não descontínua; mudança sensível depois que ela se produz.

Evitamento dos limiares. A voz. O galbo do corpo.

---

[65] Alusão aos ensaios de Stendhal com esse título (1823, 1825) (nota observada pela tradução inglesa dos Cahiers, cf. op. cit.).

[66] O título desse caderno é composto por "Lut", de Lutécia, nome da antiga localidade romana onde posteriormente se ergueria a cidade de Paris, mais a data de início de sua escrita (10 de novembro de 1942). "Tickets" é uma referência aos cupons de racionamento distribuídos durante a guerra. Na capa, ainda há o desenho de um homem sentado, feito com caneta e lápis de cor.

— Obras "intrínsecas" que têm seu [...]⁶⁷ nelas mesmas; não exigem nada senão de sua estrutura.

— Obras das quais um dos constituintes a priori é a duração de consumo.

(1943. *19248, 43*)

✽

x – o vazio como sensação positiva.

O ornamento é um preenchimento (quando está *sozinho*) que responde à sensação de vazio˟ — e eu ousaria comparar essa produção aos balanços rítmicos, sussurros inconscientes, gestos automáticos — produzidos, no indivíduo *inocupado* ou *preocupado*, como dissipação de energia útil excedente.

O ornamento regular periódico resulta disso.

Isso é recíproco = a repetição faz ornamento.

S e T. Aqui, observação: o espaço e o tempo *clássicos* podem ou devem ser considerados como somas de elementos idênticos, das quais cada um pode ser substituído por um elemento "figurado" (1944. XXVIII, 205, *19449, 27*).

---

[67] Reticência entre colchetes reproduzida tal como no manuscrito: "[...]"

✳

π

A medida da "inteligência" é a prontidão das *respostas* felizes, inéditas e não refletidas — —

— Que significa *felizes*? (às vezes, a própria pessoa que emitiu uma dessas respostas fica muito embaraçada ao tentar justificá-las — (cf. a inspiração banal).)

Ao menos, isso é uma das aparências que levam ao uso do termo "Inteligência".

Há também casos em que se constata, *après coup*, *a posteriori*, o sucesso de uma disposição atribuída a alguém.

A invenção, às vezes, é o resultado evidente de uma *compreensão* singular, pessoal das coisas — Todo mundo o teria feito se todo mundo tivesse *visto* as coisas como o inventor as viu. Mas como é possível ver diferentemente dos outros aquilo que está debaixo do nariz universal? É que eles veem aquilo a que já estão *sensibilizados*, *diferenciados* por aquisição e conservação. Há uma memória, mais rápida que a percepção bruta *completa* e *que não dá à sensação o tempo para que seja nova e inédita*. Toda sensação é em si inédita, jamais experimentada, e isso é uma condição de sua produção. *Só sentimos aquilo que jamais sentimos* — durante o estado nascente. Mas, *pela minha definição*, a memória é a primeira resposta normal ao que quer que seja, a substituição mais rápida. Se ela absorve toda a excitação, passamos a ver apenas por meio dela — mas sua propriedade (que é colocar — a partir do *mínimo percebido*, no *mínimo de tempo* e com o *mínimo de esforço* (de pausa percebida) — suas imagens, expressões e efeitos diversos no lugar do desenvolvimento próprio ao *acontecimento* da consciência — desenvolvimento que é como o despertar sucessivo, no presente, de funções e não de ideias —) despoja o novo (1944. XXVIII, 269-270).

＊

π

Harmônicos — o que eu chamo assim

A cada sentido corresponde uma variedade própria e irredutível de sensações.

Ora, observa-se, entre essas produções do mesmo sentido (e que são irredutíveis entre si), a existência de relações de substituição espontânea surgidas caso a intensidade e a duração sejam o suficiente.

O efeito de uma causa é uma causa dessa causa.

Cada sensação parece tender a produzir uma sensação (do mesmo grupo) que tenderia a reproduzi-la — ou seria o meio, o caminho da primeira.

$A \rightarrow \delta (B)$
$B \rightarrow \delta (A)$

A resposta da demanda é a demanda da primeira demanda. *A* demanda o que demanda *A*.

Não se trata de uma igualdade — embora isso tenda a produzir a *igualdade* — termo final da sensibilidade.

Elas são propriedades intrínsecas da sensibilidade — puramente funcional — *sem aplicação ao "conhecimento exterior"*; mas condições energéticas, sem dúvida, do funcionamento local.

Ora, as artes *utilizam* essas propriedades — que são sua substância.

Elas as selecionam e desenvolvem — Sons puros (1944. XXVIII, 388).

＊

L.

π

Os estudos eruditos sobre a língua e a poesia são divididos entre fonética, gramática, estilística, linguística. — Tudo isso é perfeitamente inútil ou inutilizável (salvo a[lguns] resultados etimológicos —).

Eles acreditaram que o objeto era divisível.

E não postularam seus próprios problemas (O que é a regra também em psicologia... e em filosofia. *O que fazer?*). Trata-se de análises vãs, de estatísticas paralelas (e que jamais se juntam). Nada mais cômico do que a prosódia *separada* — — e outros constituintes observáveis da obra, cada um por si, quando o problema (se há um) é a combinação deles.

O problema só poderia ser: como "potências" tão heterogêneas quanto *sound* and *sense* etc. se conjugam *tendo em vista* a formação de um sistema transitório e completo dotado de existência *estética*.

Eles acreditaram que era possível separar com fecundidade fatores que existem somente em combinação e por meio dela.

Não há nenhuma razão para não contar as *letras* — etc.

As obras de arte só têm interesse 1º *voluptuário* (consumo); 2º *técnico* (produção). Mas, sob esses dois aspectos, elas são indivisíveis e, ademais, são também inseparáveis, de tal *consumidor* e de tal *produtor*.

O que se pode legitimamente tentar é *sensibilizar* o primeiro e *fornecer armas e meios ao segundo*.

O resto é falsa ciência — trabalho inútil.

Quanto à "crítica semântica", ela é um tecido de hipóteses e de explicações imaginárias — posso vê-lo por minha experiência com meus poemas!

P[or] ex[emplo], com "Os Passos", pequeno poema puramente *sentimental* ao qual se atribui um sentido intelectual, um símbolo da "inspiração"!

O vício dos explicadores é o seguinte: eles *partem* do poema *feito* — e supõem uma fabricação que *partiria* da ideia ou do resumo que eles *fizeram* da obra após a leitura.

A obra é traduzida em um esquema intelectual — que eles atribuem ao poeta, quem supostamente o traduziria em versos, *conservando-o da melhor forma possível* — como se ele fizesse uma composição escolar — com um plano ou uma vontade de expressão fixa — ao passo que, na verdade, ele busca e deve buscar apenas o que lhe parece eficaz (e possível[68]) *poeticamente* em cada momento. —

Toda análise é vã. De resto, é o *instante* que seria preciso considerar.

---

[68] Palavra acrescentada posteriormente, na margem, com marca de ligação dentro da frase.

Mas antes seria necessário apreendê-lo.

Quanto à parte musical, o simples projeto de observar separadamente os ritmos e os sons que os constituem é insensato — (e mesmo os *sentidos* provocados por eles).

Às vezes um, às vezes outro desses constituintes é o motor, o instigador, o excitante. *A necessidade instantânea passa de um ao outro.*

Tudo isso é confundir o *produzir* e o *fazer* que na fabricação da obra se sucedem, se ajudam, se ferem a cada instante.

O *fazer* corresponde muitas vezes a uma parada do *produzir* e se reduz muitas vezes a uma multiplicação de *produzires* diante do obstáculo ou diante do *nada mental.*

(1944. XXVIII, 426-428, *19452, 8*).

✳

Ego

π

Ninguém escreve mais. —

Quero dizer que não vejo ninguém dar ao trabalho de *escrever* uma importância própria — a ponto de tomar (como foi meu caso) tudo *o que vem facilmente como algo de pouco valor*. "O que custa pouco vale pouco", máxima contrária ao gênio, que consiste na desigualdade das trocas com... o *acaso* — Receber mil contra um... Meu princípio instintivo era o de que a busca *na* forma seria a única justificativa daquele que se mete a escrever.

Essa busca, superior a todo pensamento particular, livra da superstição do conhecimento e recoloca, *a cada pausa* (ou *instante*), *o real do momento no possível* — (a *coisa* que deseja se exprimir a partir da *faculdade de expressão*; a *desigualdade* a partir da presença no domínio ou grupo dos meios etc.).

É por isso que formulei: a *Filosofia é uma questão de forma. O "fundo" é uma má forma* (forma impura). E outros axiomas (1944. XXIX, 181).

✳

Não vejo nenhum interesse em ser inspirado pelos deuses, em ser a flauta deles. E o dever de um espírito nobre seria não querer tal emprego, recusar dons que inflam o donatário; donatário que se desinfla desses dons em favor de terceiros e volta a ser tão tolo quanto antes, em sua glória usurpada.

Mas não se observou que há tanto tolices quanto coisas belas naquilo que n[os] vem de nós. O EU escolhe em meio ao EU (1944-1945. *"Sem blagues"*, XXIX, 401).

✳

π A tragédia francesa, ápice *da arte* — eis um juízo que acabei *formando* e aprecio todo o cômico dessa formação em mim — tudo aquilo que ela supõe de distanciamento dos "efeitos" das pretensões dos poetas sucessivos — de meus "ideais" e dos deles — e [frase inacabada]

Mas sobretudo o desgosto dessas confusões atuais entre a mistagogia, a falsificação do sonho e do profetismo, a literatura e não sei que iluminismo — apocalíptico.

π Nesse carnaval, não existem mais composição, desenho e, finalmente, nem mesmo a música. Mas, na dita tragédia, é preciso ao mesmo tempo uma composição, uma forma — constrição.

Trata-se de mostrar o número de condições independentes às quais a obra teve de satisfazer — *naquele momento* e hoje.

Diminuição:

Claro — escuro — Essa distribuição das luzes e das sombras tem também um sentido em literatura (e também pode receber inúmeros)

O inteligencial — a faculdade abstrata de ação, e o sensorial — sentimental — são dois momentos, duas funções, das quais uma conduz, compõe, define — a outra seduz, excita etc.

Seu acordo, equilíbrio, mistura — sua "síntese" é o grande problema

Da arte "moderna", ou da diminuição das exigências (diversas) dos autores e dos consumidores.

Substituição pela intensidade do efeito imediato, e pela surpresa.

É um recuo diante das exigências, regressão (1945. XXIX, 486, *19458, 40*).

✳

Conselho —

Artista, faça o que de melhor você faz. Mas empregue aqui o que você tem de inteligência — saiba descobrir o que de melhor você faz, o que você é como que feito para fazer.

Atenção! Não é sempre aquilo que você tem anseio de fazer, nem mesmo o que você faz com mais prazer.

Às vezes, o que de melhor você faz, você o produz com indiferença, e poderá se surpreender ao ver serem admiradas e tidas por mais preciosas coisas que lhe custaram muito pouco.

De onde essa questão singular: o que é preciso prezar e o que é preciso desprezar daquilo que se pode?

E, novamente: como escrevi acima: *Feito para* [*fazer*][69] — (1945. *Maledetta Primavera*, XXIX, 766).

---

[69] Acréscimo dos tradutores.

Posfácio

As mil e uma manhãs de Valéry

Roberto Zular
Fábio Roberto Lucas

Cadernos, cadernos, cadernos

Os cadernos de Paul Valéry compõem um dos mitos mais enigmáticos do lugar da escrita na literatura do século XX, com as suas quase 27 mil páginas "do que em um livro não poderia caber". A história de sua escrita e de suas tentativas de publicação ao longo do último século ganhou recentemente novo capítulo, com sua disponibilização digital. O acesso pela plataforma Gallica promete dar aos cadernos de Valéry um espaço viável de existência, na esteira dos diferentes projetos editoriais, seja em francês seja em traduções para outras línguas, que o precederam e que revelaram a própria variação de possibilidades de edição como um de seus traços mais complexos e interessantes.

A escrita dos cadernos começou depois de uma crise existencial de Valéry com a experiência poética no início da década de 1890. Ela buscava construir um sistema de todas as "tentações" (possibilidades, limites) do espírito implicadas no pensamento. Aos poucos, o processo de escrita passou a ter em si mesmo uma importância comparável à da obra, e por muitos anos Valéry se dedicou quase exclusivamente aos cadernos.

Entre a tentação de sistematizar na obra aquilo que é possível pensar (como se os cadernos fossem a "grande obra" valeriana) e o próprio questionamento da noção de obra pelo processo de escrita, esses textos também se tornaram uma espécie de "exercício espiritual", um estranho diário em que Valéry, por mais de cinquenta anos, anotou, entre as cinco e as sete da manhã, entre o fim da noite e o começo do dia, entre o sonho e a vigília, tudo aquilo que lhe vinha como questão: a própria escrita, a poesia, as sensações, o pensamento, o imaginário (especialmente um imaginário científico que constituía nesse âmbito privado uma excitante forma de pensamento), o desenho, os números... e mesmo as anotações mais banais, as preocupações do dia a dia, o assombro diante da irrisão humana e da violência da história.

Como notou Augusto de Campos em *A serpente e o pensar*, primeira publicação de passagens dos *Cahiers* no Brasil, a experiência de lidar com um volume tão grande de escrita como o desses cadernos se confundia com o problema da subjetividade, da deriva infinita do pensamento e da memória. Tais dilemas se amalgamavam na imagem do Ouroboro, da serpente mordendo o próprio rabo sem saber se aquilo que ela comia — via, lia — ainda era ela mesma.

De fato, um dos grandes dramas da vida de Valéry foi a tentativa de organizar essa massa de escritos: "falta-me um alemão para terminar minhas ideias", escreveria o poeta, para quem a relação com o país vizinho era, apesar das guerras, o caminho para uma política do espírito na Europa. Reflexo ou não dos impasses dessa política do pensamento, o fato é que Valéry não progrediu muito em termos de organização desse material, mesmo depois de abortar a ideia de uma sistematização acabada e de começar a trabalhar junto com diferentes auxiliares. Ao final, restaram não mais que o esboço de um agrupamento temático e a publicação de alguns livros com recortes bem limitados dessa experiência: *Mélange* (Mistura), *Tel quel* (Tal qual) e *Mauvaises Pensées et autres* (Maus pensamentos e outros).

Após a morte de Valéry, o CNRS publicou em 1957 uma edição fac-símile do que parecia ser a íntegra dos cadernos. Tão monumental quanto problemática, tal edição se tornou uma bíblia para especialistas e raros leitores curiosos, em razão de seu preço e extensão, bem como de sua ausência de transcrição, notas, contextualização e critérios evidentes. Aqui no Brasil, é possível encontrá-la na Biblioteca Mário de Andrade, em São Paulo, e na Biblioteca Nacional no Rio de Janeiro.

Seguiu-se uma edição mais amigável em dois volumes, na coleção Pléiade da Gallimard, publicada em 1974. Aproveitando as tentativas de organização dos cadernos pelo próprio Valéry, essa edição os apresentava por tópicos temáticos (*Ego, Bios, Gladiator etc.*). Apesar do seu indiscutível interesse, tais tópicos acabavam por produzir a inexata impressão de uma coleção de fragmentos sobre temas isolados uns dos outros.

Nas últimas décadas, um conjunto de pesquisadores produziu, também para a Gallimard, uma edição de peso, crítica e muito bem balizada, que recobre em vários tomos os cadernos escritos de 1894 a 1915. Hoje, no site da Biblioteca Nacional da França, a plataforma Gallica, é possível acessar a íntegra dos *cahiers*, retomando a experiência da edição CNRS. Um maior aparato crítico e de transcrição para aprimorar esse acesso digital está sendo atualmente elaborado pelo OBVIL (Observatoire de la vie littéraire) da Sorbonne, sob a supervisão de Michel Jarrety.

No fundo, todos esses dilemas editoriais e de meios de acesso revela quanto os cadernos de Valéry têm sua existência intimamente atrelada a esse estado de passagem hesitante entre o processo de escrita, as condições em que ele se desdobra e seus modos de projeção no espaço público. Tal hesitação termina por colocar em xeque o que entendemos por escrita, por obra, por livro, por pensamento, por experiência.

Inícios, fins e a multiplicação dos meios

Como dissemos, pouco depois de começar a escrever os cadernos, Valéry ficou praticamente sem publicar por muitos anos, entre 1897 e 1917. Essa recusa, ao contrário do que pode parecer, articula os

Cahiers e as obras publicadas numa dinâmica que foi se transformando ao longo do tempo. Assim, diferentes modos de sobredeterminação e de tensão mútua entre a escrita pública e a escrita privada foram se configurando, isso a ponto de essa tensão ter se tornado uma das questões mais complexas para a fortuna crítica valeriana. Vejamos agora quais foram alguns desses modos.

Inicialmente, entre 1894 e 1896, a escrita dos cadernos se confundia com um canteiro de obras: a força performativa e liberdade permitidas por esse âmbito privado ensejavam tanto a formulação de hipóteses ousadas em busca de suas vias de existência no mundo público quanto momentos absolutamente conjecturais de um ato de escrever sugado pelo seu próprio processo. Entretanto, antes do momento mítico em que os cadernos se voltaram sobre si mesmos, suas formas de escritura encontraram caminhos profícuos para se articular com outros projetos. Tal articulação está presente na reflexão sobre dilemas formais do verso, na elaboração de poemas esparsos e outros ensaios, mas principalmente na construção de personagens que encarnavam os dramas desses modos de escrita: Leonardo da Vinci e seu "esboço como método", ou M. Teste com sua recusa da escrita e sua busca pela consciência pura.

No interior da trama textual dos cadernos também se produziam conceitos como a recursividade, a diferença de potencial, a modulação, a mudança de fases e suas forças implícitas. Eles buscavam relacionar as múltiplas camadas da experiência com a heterogeneidade de interesses dos próprios cadernos.

Se, por um lado, era visível o quanto Valéry buscava capturar o fluxo de sua escrita privada por meio dessas figuras (personagens, ritmos e conceitos), por outro, ficavam evidentes os limites de seu gesto repetido e recursivo: afinal, a conceituação das operações e as próprias operações estão sempre aquém do movimento que desejam reter). Seria possível capturarmos o próprio fluxo, o modo de ser de um ritmo, as forças sob as formas? Ou estaríamos sempre à mercê de um novo pensamento, de um novo verso ou acontecimento que ressignificaria todo o campo de experiência, como numa espécie de mil e uma manhãs?

Estaríamos diante de um mundo simétrico onde cada parte seria um fragmento de um todo coeso ou estaríamos diante de um caos determinístico, como teorizava o físico, amigo de Valéry, Henri Poincaré? Se havia no poeta toda uma atração pela física, pela matemática — e mais tarde pela biologia — como possíveis vias para a resolução de tais dilemas, a verdade é que a força dos cadernos reside no fato de eles terem mantido tenso o arco dessas questões. Nesse sentido, ao se voltar para a poética e para os ritmos da poesia — especialmente durante a Primeira Guerra, quando esse retorno foi um modo de sobrevivência para Valéry — a "hesitação prolongada", as sutilezas da singularização, a capacidade de variação, de infinitização e inacabamento do ato poético serão mantidas como traço marcante em processo.

Nesse período, entre 1913 e 1922, a escrita de "A jovem parca" e dos poemas do livro *Feitiços* traz aos cadernos uma preocupação maior com a linguagem, com a poesia e com o gesto do poeta. Há também um retorno àquele número infinito de questões que haviam sido anteriormente colocadas a partir da relação entre a potência da dualidade em Baudelaire e sua redução lógica por Edgard Allan Poe (Baudelaire estava para Poe assim como Faraday estava para Maxwell), entre o imaginário e o sonho em Rimbaud e o cálculo e o controle do acaso em Mallarmé. Ao contracenar com os horrores da guerra, a poesia ganhava um estatuto de recusa e resistência, possibilitando outros modos de existência pautados na evocação, na hesitação, na sutileza, na multiplicidade, naquele campo de possibilidades do espírito que se forma entre o corpo e o mundo.

Terminada a guerra, o sucesso de "A jovem parca" (poema publicado em 1917), a republicação de *Uma noite com M. Teste* e da *Introdução ao método de Leonardo da Vinci* (em 1919) e o reconhecimento obtido por seu livro *Feitiços* (em 1922) conferem a Valéry um prestígio público que o projeta como uma espécie de poeta oficial de largo alcance internacional. Por outro lado, essa consagração tornará tanto mais persistente a visão estreita de Valéry como um rígido poeta formalista. Como disse Borges: "a fama é uma incompreensão e talvez a pior".

Nos anos 1920, os horrores da guerra e a tentativa de reconstrução da Europa contra a violência fascista levarão ao maior momento de cisão entre o escritor público e a escrita dos cadernos, uma vida mundana algo burguesa e as complexas demandas do processo de escritura. Por certo, o exímio conferencista e ensaísta de *Variedades*, *Pièces sur l'art* e dos muitos diálogos não deixa de ter relação com a fina depuração do pensar desdobrada nos *cahiers*, mas o elo entre a escrita pública e a privada nesse momento se torna mais simbólico, como se buscasse uma solução elegante para aqueles problemas dentro de contextos muito diferentes de enunciação.

Ao longo do período entreguerras, essa cisão entre escrita pública e privada se agudiza, à medida que o trabalho com os cadernos se intensifica e se avoluma cada vez mais. Com isso, eles reforçam a sua consistência própria e o contraste com as obras publicadas, a ponto de elaborarem uma poética toda outra, diferente daquela poética formalista pela qual Valéry era publicamente conhecido dentro do campo literário francês. Já nos últimos anos de vida do poeta, durante a Segunda Guerra, essa intensificação dos experimentos matinais e sigilosos de escrita terá atingido seu pico e passará a transbordar mais explicitamente sobre as intervenções e os textos públicos do poeta, como o *Meu Fausto* ou o curso de poética dado por Valéry no Collège de France entre 1937 e 1945.

Esse transbordamento dos cadernos na esfera pública implicará igualmente uma maior explicitação de questões políticas na produção poética valeriana. Afinal, é "*sub hostium manu*", com Paris invadida pelos nazistas, que o poeta francês começará, no verão de 1940, a composição de suas peças fáusticas anteriormente anunciadas nos *Cahiers*. Inacabadas, as duas partes do *Meu Fausto*, "Lust" e "Le Solitaire", publicadas em 1941, fariam parte de um ciclo mais amplo de peças dedicadas à dupla Fausto-Mefisto, retomadas com o objetivo de pesar o que é a Europa, no momento em que ela expira "*in media insanitate*".

Até a morte de Valéry, em 1945, esse conjunto de esboços será continuamente trabalhado em estreita vinculação com as experimentações e os problemas delineados tanto pelos cadernos quanto pelas anotações e notas escritas para as aulas do curso de poética. O arco final das cinco décadas de escrita dos *Cahiers* se verá então envolvido na tarefa de pensar os dilemas da ciência moderna em aceleração cega ("entramos no futuro de costas") e os dilemas do esgotamento fiduciário das instituições políticas da Europa oitocentista.

Esses impasses serão confrontados com a hesitação própria ao ato poético, prolongado em seu esforço de driblar tanto as explícitas imposições fiduciárias das ideologias políticas, sociais, religiosas etc. quanto as tácitas coerções técnicas do mundo industrial moderno. Trata-se então de repensar o mito fáustico (no campo literário, bem como nas moedas e pactos em vigor na comunidade europeia) e de configurá-lo como um modo de encenação das questões dos cadernos, de seu processo de escrita bem como dos limites de suas "tentações".

Uma poética dupla: entre formalismo e voz, as publicações e os cadernos

Tudo somado, a relação densa e historicamente metamórfica entre a poética privada dos cadernos e a poética pública de Valéry desafia ainda a interpretação. Especialmente no período de maior reconhecimento de Valéry a partir dos anos 1920, vê-se, por um lado, o poeta que consagra aquilo que William Marx chamou de vulgata do formalismo em literatura: distinção, autonomia e autorregulação dos textos literários; de outro, o poeta que desde o início da escrita dos cadernos está em busca do corpo, da sensibilidade e de suas ressonâncias sobre o pensamento, em busca dos contrastes entre ser vivente e ser pensante. Esse poeta procura a "linguagem *saída* da voz", mais do que a rarefação formal de uma "voz da própria linguagem", num gesto cheio de reticências acerca de uma desaparição elocutória do poeta.

Nem totalmente separadas, nem amalgamadas ou interligadas como partes de um mesmo edifício teórico, as "duas poéticas de Paul Valéry", como diz William Marx, ensejariam uma implicação emaranhada e equívoca, ou melhor, *uma* poética ao mesmo tempo *dupla* (formas e forças) e *inacabada*, pois continuamente perturbada pela fricção de seus dois vetores heterogêneos. Vale notar o que diz essa heterogeneidade: ela não diz que a poética dos cadernos *nega* a poética dos ensaios públicos — mesmo que fosse para sintetizar uma concepção contraditória e depois uma reconciliação possível ou não entre elas. Ela também não diz que uma poética complementa a outra, como se a escrita privada construísse dimensões mais avançadas e esotéricas de uma mesma doutrina poética.

Se a poética dos cadernos é heterogênea à poética dos ensaios públicos, é porque ela produz infinitas formas de articulação, aproximação e afastamento entre elas, mesmo quando trabalha com os mesmos problemas a partir de outros conceitos, outros graus de liberdade, outra preocupação com a comunicação, outro nível de precisão e, principalmente, com outras escalas de grandeza. Essa relação intrincada da poética dupla nos remete novamente à dificuldade que o próprio Valéry enfrentou diante daquele oceano de folhas, cadernos e pensamentos, mareando-se nele ao tentar lhe dar balizas de orientação.

Não seria diferente com a seção "Poiética" da edição Pléiade, que serviu como ponto de partida deste livro. Por um lado, ela se articula com as outras seções, dentro de um sistema de organização temática que, como vimos, teve muitas formas, combinações e sequências esboçadas pelo poeta ao longo da escrita dos cadernos. Naquela adotada por Judith Robinson-Valéry, organizadora dos dois volumes publicados pela Gallimard, a "Poiética" surge ao final de um arco que se dedica à reflexão sobre todo ato criador. Esse arco passa por matemáticas, ciências, artes e estética, para então chegar às questões poéticas e, em seguida, dedicar suas reflexões ao campo específico da "poesia". Por outro lado, como lembra a própria organizadora, muitas passagens dos cadernos marcadas para a seção "Poiética" com as letras π ou P tiveram depois acrescidas, por exemplo, a marca "Gl.", de Gladiator, expondo ali a imbricação os temas da poética e do condicionamento (*dressage*) do espírito.

Esses e outros emaranhamentos indicariam que a escrita das passagens dos cadernos difere do modelo de fragmento concebido pelo romantismo alemão: ali onde cada texto fragmentado de Novalis ou Schlegel se fecha sobre si mesmo e remete a fragmentação de seu enunciado vernacular à totalidade com a qual converge[1], os *cahiers* de Valéry expõem um gesto duplo: de um lado, suas passagens reenviam umas às outras, com termos e definições particulares que continuamente se reformulam em redes e ligações parciais que prolongam o inacabamento de uma enunciação anterior. De outro lado, em paralelo mais ou menos constante com esse campo de reenvios, entra em cena um ato que procura tocar o nó desse campo heterogêneo de questões e dilemas buscando formular passagens mais breves e acabadas. Tudo somado, é como se os próprios *cahiers* internalizassem e modalizassem nesse gesto duplo algo da duplicidade e da relação tensa que eles entretecem com a obra publicada.

A edição que o leitor tem em mãos traz toda a seção "Poiética" reunida por Judith Robinson-Valéry, combinando suas passagens mais acabadas — na esteira desse último vetor de concentração e arremate das tensões — com passagens mais inacabadas, que foram traduzidas junto com seus prolongamentos e questões afins na vizinhança dos manuscritos, consultados na edição fac-similar ou na plataforma gallica. O objetivo dessa combinação foi trazer ao leitor os múltiplos vetores da experiência dos cadernos, expor afluências e modulações

---

[1] Cf. Jean-Luc NANCY; Philippe LACOUE-LABARTHE. *L'absolu littéraire: théorie de la littérature du romantisme allemand*. Paris: Éditions du Seuil, 1978, p. 58-68; Jean-Christophe BAILLY. *La legende dispersée: anthologie du romantisme allemand*. Paris: Union générale d'éditions, 1976, p. 19.

entre práticas, saberes e experimentações heterogêneas, sem com isso abrir mão das balizas de orientação firmadas pela seleção da Pléiade

Para ilustrar o modo como os textos escolhidos na edição Gallimard se articulam com escritos vizinhos e afins nos manuscritos, podemos comentar, dentre muitos outros, esta passagem elaborada entre 1905 e 1906:

> Escritor — é tomar posição em um ponto de onde se vê à direita toda a linguagem, à esquerda todas as coisas —
>
> E se um assunto é dado — (um tema) tomado em meio a essas coisas, então vejo que esse dado desperta imediatamente certo grupo de palavras no conjunto completo das palavras.
>
> Esse grupo é aquele em que qualquer um — retiraria, naturalmente e sem mesmo se aperceber disso, elementos para exprimir o dado.
>
> Mas, escritor, você deve rejeitá-lo — e fazer o difícil. Você deve saber antes de tudo, ou pressentir — que tais palavras necessárias, em aparência e habitualmente, designam apenas uma subdivisão particular das coisas, um tratamento das impressões tomadas de um modo específico, e não as coisas mesmas.
>
> Para que haja palavras é preciso uma fixação das coisas — mas é sempre possível fixá-las e decupá-las em um número ∞ de maneiras (*Cahiers*, ed. Pléiade, v. 2, p. 989-990; III, 882).

Por certo, nota-se no primeiro parágrafo que a tentação de tomar certas frases dos cadernos isoladamente não *é* pequena. A passagem em seguida afirma que, tão logo dada experiência emerge do meio das coisas, uma palavra ou grupo de palavras *é destacado do* conjunto da linguagem. O escritor deverá saber recusar essas expressões imediatas, que tendem a exprimir apenas as relações mais habituais e cômodas que temos com o mundo, a univocidade das crenças e convenções inconscientes. Com essa recusa, abre-se a possibilidade de experimentar uma infinidade de maneiras de acoplar a decupagem das coisas e a decupagem das palavras, de hesitar "na pluralidade dos signos ou das formas possíveis".

Ora, na mesma página manuscrita desse caderno, encontramos um texto sobre a relação entre percepção e memória, com seu tempo de maturação até a nitidez, tempo ali marcado pela diferença entre a velocidade de nosso próprio caminho de associações e o desenvolvimento interno da própria impressão.

> A memória perceptiva serve para amadurecer ou completar uma impressão e para levá-la de seu começo à sua nitidez por um caminho em nós, com uma velocidade nossa — em vez de esperar seu desenvolvimento próprio.
> *Toda sua utilidade vem de sua velocidade.*
> (Cahier 41, série "Grands Registres", 19245, f. 99)

Não é difícil notar como as duas passagens se interligam, apesar de uma tratar de poética, a outra de "psicologia" (ou de "memória", outros tópicos da edição Pléiade). Neste livro, elas são restituídas em sua ligação silenciosa, um gesto que repetimos em muitas outras passagens. Desse modo, procuramos cumprir uma tarefa completamente aporética, definida por uma expectativa dupla, se não múltipla e contraditória: uma publicação que seja legível nas condições e contextos particulares do Brasil sem perder a força que tais textos retiram justamente da resistência *à* legibilidade, das fricções suscitadas na sua transição para a esfera pública.

Em meio a traduções e retraduções entre as sensações corporais e as impressões da mente em constante *self-variance*, entre sistemas de conceitos e definições internos aos próprios cadernos e convenções mundanas da linguagem comum, surgem diferentes formas de relação entre os vetores que levam aos estratos mais particulares e aqueles que levam aos estratos mais comuns da experiência. Como vimos, tais formas também têm sua historicidade, elas se transformaram ao longo dos cinquenta anos de produção dos *Cahiers* e continuarão em movimento junto com os movimentos de sua fortuna crítica e de suas diferentes recepções. Tivemos de levar isso em conta ao editar nossa tradução, ou seja, ao refazer as complexas transições entre as tensões internas da escrita diária de Valéry, as convenções linguísticas friccionadas pelo encontro do texto francês com outro idioma, o português, e as expectativas múltiplas e hesitantes do público, neste caso, o público brasileiro deste início do século XXI.

Seja ao adentrar o fluxo de experimentações heterogêneas, recuperando certas transições entre práticas e saberes ao redor de uma passagem específica, seja ao retomar momentos de elaboração mais contida e concentrada das reflexões poéticas, o percurso de leitura delineado neste livro deve poder, de algum modo, trazer à tona algo do que impulsionava Valéry à escrita dos cadernos, como se aquelas mil e uma manhãs valerianas de certa forma se prolongassem agora na experiência de leitura. Nesse percurso carregado de hesitações e modulações, entre o fluxo e o corte, as forças e as formas, o contínuo manuscrito e o texto editado, esperamos ter encontrado o afinamento que permitirá ao leitor se lançar, sem se marear ou se afogar de todo, nesse "mar, mar sempre recomeçado".

Traduzir os *Cadernos* de Valéry no Brasil: a edição da "Poiética" e a poiética da edição dos Cadernos

Entre 2014 e 2020, traduzimos e retraduzimos — em inúmeras retomadas, hesitações e retoques — a seção "Poiética" do segundo volume dos *Cahiers* de Valéry da coleção Pléiade. Nesses anos, como bem sabemos, o Brasil viveu os acontecimentos políticos que o levaram ao autoritarismo vigente. Ora, se a superfície factual da história entedia o poeta — como bem lembra a epígrafe valeriana de *Claro Enigma* — é porque, como diz o trecho citado por Drummond, ela é somente "a espuma das coisas. O que me interessa é o mar" (OEII, 1508). Essa nossa experiência de tradução, seguindo o gesto valeriano, procurou mergulhar para além dessa espuma dos acontecimentos, alcançar aquela esfera que talvez pudéssemos, com Valéry, chamar de *quase-política*, ali onde a "hesitação na pluralidade dos signos ou das formas possíveis" perturba a "univocidade das crenças e convenções inconscientes" (CHII, 1032) e ensaia virtualidades mais sutis de correlacionar as coisas e as palavras, de transitar entre práticas, saberes e modos de ver heterogêneos, refinando as vias críticas e poéticas de leitura e interpretação dos dilemas e aporias de nosso tempo.

Com base na reflexão de Valéry sobre tradução e o ato poético como tradução (OEI, 207-222; CHII, 1098), examinamos aqui nossa prática tradutória, acompanhando o papel que a questão da *poiésis* desempenhou na história da recepção de Valéry no Brasil. Essa via nos levou a refletir sobre alguns conceitos fundamentais da "Poiética" e a propor uma antropologia valeriana da escrita que seria também uma antropologia da escrita valeriana.

Ora, a *poiésis* seria um, se não o, ponto crucial da forma como os escritos de Valéry têm sido lidos e interpretados no Brasil. O conceito valeriano de *fazer* é tanto o fator que leva o poeta francês ao centro do campo literário brasileiro quanto um meio privilegiado de captar o pensar em ato na escrita dos *Cadernos*. De fato, os poetas vanguardistas se mantiveram constantemente atraídos pelo teórico perspicaz dos dilemas da poesia e da arte moderna, tal como expostos nos célebres ensaios e conferências valerianas reunidos nos diferentes tomos de *Variété*. E, se os modernistas brasileiros muitas vezes rejeitaram os versos métricos dos poemas rigorosamente ritmados de *Feitiços*, eles não puderam — e como demonstram os decassílabos do "Relógio do Rosário" drummondiano — evitar a atração exercida pela mudança que os poemas de Valéry criam e prolongam entre os tempos heterogêneos da experiência — o ritmo do pensamento, o fluxo das sensações, a cadência da fala — e entre as historicidades heterogêneas da linguagem — dentre as quais o próprio anacronismo da poesia: "hoje não se inventaria o verso" (OEII, 548-549).

"Valéry metrifica para ser livre", dirá Mário de Andrade, para quem, aparentemente, a classificação do poeta francês como *tory* ou *whig* numa assembleia legislativa do verso não seria tão fácil como pode se acreditar.[2] A reflexão valeriana sobre a forma poética, por sua vez, implica um processo bem complexo de traduções que parte do contínuo de impressões e pensamentos, passa pela "linguagem especial ao mesmo tempo muito pessoal e universal" dos *Cadernos* — com seu sistema particular de unidades e definições — e chega à linguagem comum, demótica, com suas medidas comuns "em toesas ou arpentos" (CHI, 263-266, 426). Campo múltiplo e equívoco de retraduções, cheio de enigmas e segredos mais refinados que ainda não desvendamos (após tantos anos!), a escrita de Valéry se desdobra no nó das interações e variações intrínsecas de contextos, planos e linguagens heterogêneas: esfera pública e privada, modernidade e anacronismo, o *moi pur* e a tríade do Corpo-Espírito-Mundo etc.

Os poetas brasileiros retomarão essas variações para retraduzí-las e prolongá-las até outras, múltiplas margens de transformação. O caso mais notável é o de João Cabral de Melo Neto, cujos poemas deslocam os gestos poéticos, políticos e filosóficos de peças como *L'Amphion* ou "Le Cimetière Marin" para o sertão brasileiro, ao mesmo tempo em que mantem, em seus ensaios, um importante diálogo crítico com a teoria de composição literária de Valéry.[3] Lida como antropologia, a poética valeriana destaca as diferenciações contextuais que o ato de escrever produz e questiona as relações entre práticas de escrita na Europa e no Brasil. Trabalhar sobre essas variações heterogêneas, essas diferentes acoplagens e traduções que compõem o texto escrito — em suma, levar em conta a natureza complexa da materialidade da linguagem em oposição ao caráter

---

[2]   Cf. Álvaro FALEIROS e Roberto ZULAR, "Situação de Valéry traduzido no Brasil", in: *Remate de Males,* v. 38, n. 2, jul-dez. 2018, p. 648. Cf. Jacques ROUBAUD, *La vieillesse d'Alexandre : essai sur quel ques états récents du vers français,* Paris, Maspero, 1978, p. 15.

[3]   Cf. Eduardo STERZI, "O reino e o deserto: a inquietante medievalidade do moderno", in: *Boletim de Pesquisa NELIC: Edição especial v. 4,* 2011, p. 4-21; cf. Roberto ZULAR, "Valéry e o Brasil ou a literatura comparada como produção de contexto" in: *Ponto-e-vírgula,* 13, 2013, p. 49-65.

meramente expressivo da escrita — abriu um campo muito fértil de reflexão, inclusive para a tradução.

O terreno de questões poéticas intrinsecamente ligadas à tradução entre exigências do pensamento de Valéry e condições de comunicabilidade com o público — de início, o leitor francês do início do século XX — se tornará muito mais visível após a publicação dos *Cahiers*, especialmente a partir dos anos 1970, com a publicação da edição compilada por Judith Robinson-Valéry em dois volumes da "Bibliothèque de la Pléiade", publicada pela Gallimard. Ao se aproveitar do sistema de rubricas já esboçado pelo próprio poeta, essa seleção conseguiu obter maior acolhimento do leitor médio.

Assim, tal formato abriu ao público leitor não-especialista caminhos para entender a escrita e o pensamento de Valéry, de modos mais matizados e complexos do que a via aberta apenas pela leitura de suas obras publicadas permitia. No Brasil, como na França, não há dúvida de que esses dois volumes da Pléiade abalaram as ideias preconcebidas sobre nosso poeta e tiveram impacto decisivo em sua recepção no campo literário. Por outro lado, as inegáveis virtudes desse sistema de rubricas não deixavam igualmente de reforçar aquela leitura contestável dos *Cahiers* como escrita fragmentária sobre diversos assuntos apartados e justapostos.

Sem dúvida, a publicação desses dois volumes dos *Cahiers* representou um ponto de inflexão na história da recepção de Valéry no Brasil. Ela renovou o interesse geral no teórico e crítico da poesia e expôs camadas antes insuspeitadas de sua reflexão sobre a experiência artística. Embora a revalorização do *poéticien* moderno às custas do poeta dos versos anacrônicos de *Feitiços* tenha ocasionalmente ressurgido — notadamente no caso do crítico João Alexandre Barbosa, um assíduo leitor de Valéry —, na maioria das vezes, o acesso aos cadernos suscitou igualmente novas leituras e perspectivas sobre a poesia valeriana, sobretudo porque essa revalorização, ocorrida a partir dos anos 1970 encontrou então um campo literário menos pautado pelas proibições, polarizações e teleologias evolutivas da historicidade modernista.

É também nesse momento que Décio Pignatari relaciona a semiótica de Charles Sanders Peirce com o quase método do Leonardo da Vinci valeriano, enfatizando o elo entre o *fazer* e a lógica imaginativa.[4] Em seguida, vieram traduções de "A Jovem Parca" e "Esboço de uma Serpente", de Augusto de Campos, publicadas na década de 1980 (a última, num livro que incluía trechos dos *Cahiers* sobre o ouroboro, a cobra mordendo a própria cauda, extraídos da edição do CNRS e editados sob o paradigma do fragmento romântico alemão). Desde então, na sequência da expansão editorial vivida no Brasil após o fim da ditadura civil-militar, muitas outras obras de Valéry têm sido traduzidas e publicadas.

Ora, ao levar em conta tanto a história quanto as condições atuais da recepção de Valéry no Brasil, certas veredas e perspectivas de sua obra se destacaram, em particular — de início — no que diz respeito à prática artística da *modulação*. O estudo dessa arte de passagens e transições entre maneiras heterogêneas de ver recoloca em questão algumas das suposições mais comuns em torno da ideia de pureza poética e da especificidade da poesia em relação aos discursos sociais fiduciários e ao saber científico; ao mesmo tempo, isso nos levou a observar as formas de *variação antropológica* que constituíram a prática de escrita dos *Cahiers* — e que também ressoaram sobre nossa própria prática de tradução.

Passagens e modulações: entre limiares

Embora apareça explicitamente apenas uma vez na seção "Poiética" da edição Pléiade, a noção de *modulação* encontra ali uma formulação muito emblemática de seu estatuto misterioso, até mesmo furtivo, de

---

[4]   Cf. Décio PIGNATARI, *Semiótica e literatura*. São Paulo, Perspectiva, 1974.

dilema insolúvel. Esse segredo, entretanto, tem uma função poética fundamental: a combinação da *ação* com a *matéria*.

> Modenatura. Passagens e modulações — O segredo mais fino da arte — e marca da arte primorosa [...] A natureza vivente aqui é invencível. Ela sabe arrematar uma haste, abrir um orifício, desdobrar as extremidades de um canal — prolongar um órgão externo, incrustar um globo [...] Mas esse problema é profundo — pois não é outro senão o de combinar a *ação* com a *matéria* (no sentido relativo de coisa que se conserva) ou o de opor e combinar a *construção* com a *formação* (cf. *signi[ficativo]* e *formal*. Ainda não (depois de 44 anos) desembaracei esse negócio) (CHII, 1040; 1937, XIX, 824).

A passagem expõe o conceito de *modulação* como um segredo ao mesmo tempo *do* poeta e *para* o poeta, um enigma que instigou a escrita valeriana por décadas, desde o período de composição da *Introdução ao Método de Leonardo da Vinci*. Oriunda do vocabulário musical, a ideia de modular será então deslocada para pensar a experiência do olhar construída não a partir das coisas vistas pela grade de dada gramática da visão, mas a partir de variações mútuas entretidas na interação entre diferentes planos e camadas de visibilidade (luz, cor, espaço, objetos, símbolos, personagens etc.). Se, em seu sentido musical mais técnico e específico, a modulação nomeia a passagem diacrônica, sucessiva, regulando a mudança de tom ocorrida no decurso temporal de uma obra, a *modenatura* valeriana evoca uma passagem hesitante, *sucessiva e simultânea*, entre camadas múltiplas e heterogêneas da experiência artística.[5]

Nos *Cahiers*, essa modulação *sincrônica e diacrônica* será agenciada em diversas frentes, não só literárias, como na reflexão sobre mudanças de tom da voz nos poemas ou do arco de compreensão da frase na prosa (CHI, 306),[6] mas também nos estudos sobre a passagem do

---

[5] Sobre o conceito valeriano de modulação em relação à noção musical, cf. Jeanine JALLAT, *Introduction aux figures valéryennes*: (imaginaire et théorie), Pisa: Pacini editore, 1982, p. 345.

[6] Sobre o modo como Valéry formula o conceito de modulação desde a música, cf. Brian STIMPSON, "Toute la modulation de l'être — la musique qui est en moi", in: Paul GIFFORD, Brian STIMPSON, *Paul Valéry. Musique, Mystique, Mathématique*, Lille, Presses universitaires de Lille, 1993, p. 37-57; sobre

sono à vigília, sobre a biologia com seus ritmos de crescimento e putrefação, sobre o tempo com seus ritmos constituídos por séries rítmicas heterogêneas associadas em demanda e resposta recíproca (CHII, 111, 755).

A reflexão de Valéry sobre o ritmo é um nó bastante produtivo para compreender mais a fundo a modulação, em sua dinâmica de sobreposição sucessiva e simultânea entre demanda e resposta; de acoplagem e enlaçamento entre tempos heterogêneos e defasados da expectativa e da realização, do desejo e da satisfação, da emissão e da escuta. Ora, uma série rítmica — a regularidade ou a irregularidade de duas ou mais batidas de percussão externas — só pode ser percebida quando associada a uma resposta sensorial ou psíquica interna, que também desdobra sua série em contágio. Escutar um ritmo coincide, portanto, com participar de sua ritmação, correlacionando a série de acontecimentos *percebidos* a uma série de acontecimentos *produzidos* pela escuta.

> Ritmo — percepção de uma relação entre atos e efeitos sensíveis — Espécie de reciprocidade entre causa e efeito — O que engendra um "mundo", um *sistema* completo, fechado — conservativo — de trocas de *tempos* contra *atos*, de potencial contra en[ergia] cinética. Dar batidas em intervalos regulares. Como é possível?
>
> Só se pode fazer isso "associando" alguma função de percepção à mecânica de excitação muscular. A regularidade dos atos *ou* das sensações ganha o mecanismo sensorial ou muscular.
>
> *Mas isso é uma definição da regularidade.* A igualdade dos tempos percebidos ou dos intervalos das batidas *resulta* desse contágio ou ressonância [cf. Fonação Audição; cabeças, pés, braços se envolvem]. Intervalos serão ditos iguais (ou comensuráveis) quando se puder ou *se tiver* de observar a

---

as variações tonais na escrita poética de Valéry, cf. Marcos SISCAR, "O precedente : o tom da voz em Paul Valéry", *Poesia e Crise*, Campinas, Editora Unicamp, 2010, p. 211-229; sobre o modo de atuação da modulação nos textos em prosa, cf. Brian STIMPSON, "Composer continu et discontinu : Modulation et fragmentation dans l'écriture valéryenne", in: Nicole CELEYRETTE-PIETRI e Brian STIMPSON, *Paul Valéry 8, un nouveau regard sur Valéry*, Paris, Lettres modernes, 1995, p. 121-140.

coincidência de acontecimentos percebidos ou produzidos com acontecimentos de outro gênero produzidos ou percebidos [...].

Experiência — É impossível pensar um ritmo. Imobilize-se e tente representar-se um ritmo. Impossível. Vi alguém que acreditava poder fazê-lo e ele batia o ritmo com as pálpebras. Ou então por impulsões nos músculos da boca (1931. *AO,* XV, 6-7, sublinhado nosso).

Assim, toda série rítmica já seria efetivamente uma correlação de séries rítmicas heterogêneas, cada uma delas com seus próprios meios, materiais, expectativas, memórias e escalas de percepção (por exemplo: materiais físicos e psíquicos), numa interação ao longo da qual as séries se heteranalisam e se relançam recíproca e retroprospectivamente. Com isso, na defasagem temporal entre os planos implicados, uma célula rítmica de três tempos é percebida tanto sucessiva (cada uma das batidas externas percebidas umas após as outras) quanto simultaneamente (por mais outra batida produzida interiormente pela série heterogênea em temporalidade defasada, a rigor nem sucessiva nem simultânea em relação à primeira, o que lhe permite interagir com o material percebido conforme suas expectativas flutuantes).

Perceber o ritmo como correlação regular de séries heterogêneas de acontecimentos — internos e externos, corporais e psíquicos, materiais e linguísticos etc. — nos conduziria a experimentar de outro modo aquela encruzilhada de práticas e saberes na qual Valéry agencia o que ele chama de modulação, em sua lida com os fluxos e hesitações entre som e sentido, voz e pensamento, ser e convenção, planos heterogêneos que se combinam no funcionamento da linguagem e do ato poético (OEI, 1356). Se a modulação é "uma arte de passar de uma maneira de ver para outra" (CHI, 629), é porque ela encena um encontro de perspectivas e sistemas que compartilham entre si seus processos de transformação, desdobrando-se em zonas de transição tanto significativas quanto formais. As conexões usuais entre os polos supostamente ativos ou passivos dos regimes de sensibilidade e pensamento são suspensas, colocadas em "equipartição de energia" e reunidas em uma proximidade tensa, nem interior, nem exterior, de uma boca que escuta, um ouvido que fala, um olho que escreve, uma mão que lê (CHII, 1024; OEII, 547).

Essas trocas recíprocas e musicais[7] entre acontecimentos da vida interior e exterior redefiniriam continuamente os limites entre corpo, espírito e mundo, correlacionando "potências tão heterogêneas quanto *sound* and *sense* etc. [...] *tendo em vista a* formação de um sistema transitório e complexo dotado de existência *estética*" (CHII, 1053), "uma fala de modulações e relações internas — na qual o físico, o psíquico e as convenções da linguagem pudessem combinar seus recursos" (CHI, 293). "Sound and sense" seriam casos ("etc.") de níveis de experiência heterogêneos que se articulam e se mantêm em variação recíproca, no atrito entre seres e convenções, elementos dados e construídos. Essa experiência não se baseia em um axioma unívoco e soberano do qual as contradições lógicas ou discursivas teriam de ser exiladas permanentemente. Muito pelo contrário, ela se faz necessariamente numa contra*dicção* entre discurso e dicção ("não há contradicção sem *dicção*", OEI, 1307), que refina o elo entre soberanias heterogêneas, cada uma delas com seus próprios materiais, sistemas e expectativas: som, sentido, sintaxe, ritmo, rimas, tonalidades de voz etc.

O poeta se torna então um "político profundo" atuando no limiar entre diferentes *majorités* soberanas (OEII, 1257), entre os poderes mutuamente implicados e reciprocamente irredutíveis do corpo, do espírito e do mundo, cujas escalas e estruturas de percepção se sobredeterminam e se analisam umas as outras. A linguagem é então concebida como um *fazer*; o pensamento, como uma "poïésis"; e seria possível dizer que "verso há tão logo se acentue a contra*dicção*", para retomar, modulando-a, a celebre frase de Mallarmé. Com isso, evocam-se as múltiplas camadas de trabalho poético — escritas,

---

[7] Cf. Brian STIMPSON, "Toute la modulation de l'être...", op. cit., pp. 39-40; para uma reflexão — que sob muitos aspectos nos parece bastante valeriana — a respeito da música, da auto-hétero-afecção e dos regimes de sensibilidade, cf. Jean-Luc NANCY, *À l'Écoute*, Paris, Galilée, 2002, pp. 14-44.

visuais, sonoras, sintáticas, semânticas etc. — em interação no campo de fricções entre o discurso e a dicção, o enunciado e a enunciação.

> Um imbecil diz: *A é A*. Essa cadeira é uma cadeira. Mas ela é escada, fogueira, aparelho de ginástica, aríete, liteira — e a ideia de uma cadeira é construção, equilíbrio, alavanca, armação, escora; em tal poema, bastará pôr uma cadeira, no lugar e no momento necessário, para fazer imaginar a personagem; para dar um grande efeito...
>
> *A é A*, a fórmula do tolo. Ela é somente uma relação lógica (CHII, 1004; VI, 197).

Se poesia e pensamento só são possíveis porque pertencem a múltiplos sistemas, a modulação seria o agenciamento de variações diferenciais nas combinações heterogêneas que os compõem, "a melhor maneira de *pintar*" e "restituir a multiplicidade fundamental de um objeto" (CHII, 1003). Ela faria dada representação linguística variar ao longo de uma multiplicidade de valores e redes de oposição: uma cadeira evoca uma fogueira por causa de seu material; uma escada por causa de sua forma; um aríete em razão de uma disposição ou movimento possível; sua ideia pode sugerir elementos tão díspares como construção, equilíbrio, alavanca.

Em suma, cada uma dessas redes é tecida em torno de uma *maneira de ver* (MDV), se quisermos usar os termos de Valéry em seu esboço para uma "ciência das maneiras de ver", inscrita nos *Cahiers* em 1927 (CHI, 628-629, CHII, 941-942). Entre a univocidade funcional de uma MDV nitidamente definida — ou seja, derivada da convenção lógica ou científica de uma linguagem particular — e a univocidade flutuante e imprecisa dos meios estatísticos da linguagem comum (CHI, 389) — que confunde e mistura diferentes MDV —, a modulação seria a arte de prolongar a tradução de uma MDV em outra, de sustentar seu equívoco, seu estado de "*equipartição de energia*, de trocas mútuas e modificações recíprocas", do qual se desdobrarão suas combinações mais refinadas, os números mais sutis (CHII,

1024). *Cada MDV tem seu próprio mundo* — "poético, pictórico, econômico, astronômico, mundano etc." — e seu próprio regime de relações, como se vê naquele campo onde "o filósofo perceberá apenas *fenômenos*; um geólogo, épocas cristalizadas, misturadas, em ruínas, pulverizadas; um homem de guerra, oportunidades e obstáculos; e [...] um camponês, acres, suores e lucros" (OEII, 1303; CHI, 629).

Na modulação valeriana, esses mundos heterogêneos e suas diferentes maneiras de ver se combinam mutuamente, se traduzem reciprocamente, transformam estruturalmente seus sistemas de relações, refinando suas conexões e interpenetrações recíprocas. Ora, atuando na combinação de diferentes práticas, saberes e sistemas, a modulação valeriana exigiria repensar aquele que é um — e talvez o — conceito nuclear dos projetos estéticos formalistas e construtivistas, qual seja, o conceito de *pureza*. Frequentemente pensado como uma redução analítica do material artístico àquilo que seria próprio ao domínio de dada competência artística e deteria a forma capaz de assegurar sua distinção e autonomia, em detrimento de todo transbordamento extra-artístico, inclusive para outras artes[8] — o esforço da "literatura refinada em construir uma linguagem geral pura" (CHI, 426), para Valéry, desdobra-se na busca por modulações mais sutis entre maneiras de ver heterogêneas. O que se modula e refina não é uma forma pretensamente artística, nem um modo de significação supostamente literário, mas modos de ligação e de transformação recíproca entre o significativo e o formal, os recursos físicos, psíquicos, convencionais etc. de um ato poético entrelaçando diferentes circuitos e sistemas sensoriais e linguísticos.

A modulação, desde seu empréstimo do vocabulário musical, pode abrir um campo de reverberações entre diferentes regimes de sensibilidade e práticas artísticas. Por isso, a ideia de forma estética em Valéry não seria definida pela depuração analítica dos componentes elementares de um meio, suporte ou domínio de competência artística, mas se nuançaria nas hesitações e intervalos entre diferentes materiais,

---

[8] Cf. Clement GREENBERG, "La Peinture Moderniste", in: *Peinture-cahiers théoriques*, n. 8-9, 1974.

instrumentos, códigos e experiências poéticas. Esse refinamento se desenrola ao longo da hesitação prolongada entre séries heterogêneas, campo vibratório onde traços discretos conceituais e estéticos oscilam em ressonância com as pulsações omnidirecionais dos muitos planos qualitativos da experiência, onde as estrias do articulado reverberam junto aos pulsos do contínuo.

No ato poético, a contra*dicção* entre discurso e dicção prolonga a hesitação entre acaso e necessidade: quanto mais o ato parece internamente ajustado e necessário em suas articulações, mais ele suscita o fremir do acaso latente, o virtual no real, a possibilidade de ser totalmente diferente (OEI, 1351; XXVIII, 530). Nesse vaivém, o ajuste preciso de um elemento formal para provocar dado efeito de sentido só pode ser apreciado ensaiando virtualidades nas acoplagens entre seus diferentes planos (sonoros, gráficos, conceituais, sintáticos etc.). No poema, esse jogo termina por trazer à tona as nuances cada vez mais sutis do tom de uma meia-voz, capazes de provocar variações sobre os outros planos (por exemplo, semânticos) e vice-versa; numa pintura, ele evocará os matizes da representação de um objeto latentes na dança de luz e de cor do qual participa e vice-versa (OEI, 853).[9]

Essa busca contínua por sutilezas permite "ver 10 possibilidades onde a não-sutileza veria 3" (XII, 403), mergulhar nas "anatomias microscópicas do contínuo". Com efeito, "só uma coisa importa: aquela que se esquiva, infinita, indefinidamente, à análise. Esse nada, esse resto, essa decimal extrema. E é por isso que é preciso fazer análises cada vez mais finas, cerradas, sutis, precisas — insuportáveis" (V, 10). A modulação estaria, assim, à procura desses números decimais esquivos e mais sutis, os "N+S" que derivam da fusão dos heterogêneos e seriam, eles próprios, intrinsecamente heteróclitos, noções ao mesmo tempo quasi-qualitativas e quasi-quantitativas, que não seriam calculáveis, "mas combináveis e melhor combináveis do que as fornecidas pela linguagem e a lógica)" (CHI, 815; CHII, 1024; NAF 19094, 68).

[9] Cf. Jeanine JALLAT, *op. cit.*, p. 30, 259

Como entender mais a fundo os N+S? Vale lembrar que os *Cahiers* foram também um espaço de interrogação do estatuto da noção de *número*, um lócus particular de escrita agenciado para dialogar com as polêmicas sobre os fundamentos matemáticos travadas entre o fim do século XIX e as primeiras décadas do XX. Ali, o poeta desenvolve, como notou Jean Dieudonné, "reflexões penetrantes sobre a natureza do raciocínio matemático, que muitas vezes estão longe das concepções correntes entre matemáticos de sua época" e que "coincidem com aquelas que por fim reuniram uma imensa maioria de matemáticos atuais".[10] Dieudonné destaca a postura valeriana de conceber a matemática não como uma ciência das quantidades, mas como um balé de operações, no qual "só o ato conta". Por isso, "a matemática resulta da possibilidade de operar sobre números sem levar em conta suas grandezas" — "2 grandezas tão diferentes quanto for possível poderão ser 'de mesmo número' se forem tomadas as unidades convenientes" (CHII, 819, 820).

Dança de atos com severas regras *convencionais*, mais severas que as convenções do idioma vernacular e da lógica, a matemática também não deixa de expor sua obstinada particularidade, e mesmo seu "encarniçamento [*acharnement*] contra as consequências e o rigor da rota uma vez escolhida arbitrariamente". Em que pese o reconhecimento de seu vigor e elegância, as matemáticas são "modelos do arbitrário" e de uma linguagem pura, uma pureza, porém, *não modulatória*, pois "derivada de convenções explícitas, construída segundo 1 ponto de vista" (CHI, p. 426; CHII, 780, 781, 788). Se, por um lado, é verdade que a poética valeriana se distancia da linguagem comum, com sua mistura confusa de modos de ver e suas flutuações estatísticas e irregulares de sentido, não é menos verdade, como vimos, que os idiomas particulares depurados a partir de um único ponto de vista lógico ou científico particular violentam a multiplicidade hermética da experiência, que é nada menos que

---

[10] Jean DIEUDONNÉ, "La conception des mathématiques chez Valéry", in: ROBINSON-VALÉRY, J. (org.), *Fonctions de l'Esprit: Treize Savants Redécouvrent Valéry*, Paris, Hermann, 1983, p. 183-192.

a *raison d'être* do ato poético. Se o real é ao mesmo tempo o "que é capaz de uma infinidade de papéis, interpretações e pontos de vista" e o que "não pode ser jamais plenamente considerado sob um só e único ponto de vista" (V, 260; XIV, 84),[11] o *enjeu* do ato poético será: como construir uma experiência com a palavra que seja comum, capaz de efetuar *modulações* entre diferentes modos de ver, de evocar nuances e sutilezas da existência múltipla de objetos e discursos tão cotidianos quanto uma cadeira implicados em diferentes sistemas, práticas e saberes, sem com isso recair nem na imbecilidade da redução obstinada à convenção de uma linguagem particular ("A=A"), nem na *bêtise* das flutuações vagas e irrefletidas de sentido que circulam aceleradas no domínio da linguagem instrumental da universal reportagem?

Ora, a noção de N + S parece talhada justamente para responder a esse problema. Ali onde a *modulação* nomeava o segredo *artístico e poético* da transição entre camadas heterogêneas da experiência, os *números mais sutis*, também concebidos desde o início da escrita dos *Cahiers*, nomeiam a *ontologia* desse enigma constantemente mobilizador: Se "o *ritmo* é para o *ser* aquilo que o *número* é para o *conhecer*" (19301, 52), os N + S indicarão justamente uma forma singular e secreta de *matema*, de número, desatando-se da correlação de séries rítmicas heterogêneas, da fricção entre planos heterogêneos de ser (corpos, espíritos, mundos) e entre virtualidades do *moi*, em seus processos de transformação e variação recíproca, em "equipartição de energia", ou seja, sem que um desses planos ou modos de ver sejam convencionalmente (como nas ciências) ou habitualmente (como na linguagem comum) hierarquizados sobre os outros (CHI, 833, 843, 846, 859). Como a *modulação*, tal noção de número singular será sempre apenas parcialmente apreendida, constantemente desejada, uma espécie de sonho:

[11] Cf. Jürgen SCHMIDT-RADEFELDT, "La théorie du point-de-vue chez Paul Valéry", in: LEVAILLANT J., PARENT M., *Paul Valéry contemporain*. Paris: Librairie Klicksieck, 1974, p. 237-249.

Zurique. Conversando com Franel depois da leitura de "Goethe" na Universidade, eu lhe disse que sonho com uma teoria dos números singulares — — ou seja, estudo de tal número — à medida que ele tem propriedades que *não se deduzem de sua construção por adição* — e que permitiriam talvez ordená-los de outro modo que não por série aritmética.

Isso conduziria, talvez, a considerar que as unidades constitutivas que (pela própria definição de número) são intercambiáveis — e indistintas — podem receber funções interiores ao número — bruto.

Assim, *n* batidas percussivas — cada uma delas é, por um lado, uma unidade que se funda em *n*, finalmente — mas é também a g^a ou m^a — números isonômicos.

Haveria diversos 3, diversos 5 — adicionando à lei de somação uma lei de distribuição (XV, 644).

Vê-se de pronto que essa "teoria dos números singulares" não seria compreensível dentro da lógica nominalista e *ordinal* de soma estrita dos atos — lógica que conta por meio daquela convenção de *nomes* que diferem sequenciando não grandezas ou objetos ("as bolinhas"), mas apenas a distinção tautológica dos gestos de contagem (CHII, 820). Trata-se agora de levar em conta a dupla normatividade (lei de somação e de distribuição) presente numa série rítmica que, pela correlação intrínseca com séries heterogêneas, soma e distribui cada batida, construindo sua sucessão ordinal em ressonância e defasagem com sua partilha sincrônica. Ali onde um sistema ou modo de ver isolado ou hierarquizado (por convenção ou costume) se estabiliza na série ordinal-posicional dos nomes que diferenciam cada ato (a # b # c #...),[12] os números mais sutis de Valéry trazem à tona o entrelaçamento de séries heterogêneas que lateja em toda série. Nesse sentido, a *modulação* atua evocando o que ocorre em tais séries quando seus traços discretos — que estabilizam as posições ordinais de um plano

---

[12] Podemos pensar como exemplos aqui os sistemas de diferença da doxa estruturalista do século XX, mas talvez o exemplo mais eloquente sejam os logaritmos de base binária da teoria da informação, como o da tabela ASCII, que com oito bits de informação (2^8) cria a série ordinal com 256 posições para as letras do alfabeto, algarismos, sinais e outros caracteres básicos. Cf. Claude E. SHANNON e Warren WEAVER, *The Mathematical Theory of Communication*. Illinois, The University of Illinois Press, 1964.

(fonético, semântico, sintático, gráfico, imagético, narrativo etc.), ou de uma prática, discurso ou saber (poético, político, social, científico etc.) — são postos à prova, em fricção e hesitação — ressonância e defasagem, tautologia ("só podia ser assim mesmo") e heterologia ("mas podia ser totalmente outro") — uns com os outros e com as pulsações qualitativas que lhe são heterogêneas.

Ali onde uma maneira de ver isolada ou hierarquizada sobre outras sacrifica as coisas que materializam seu sistema de atos à funcionalidade de seu regime de distinções (tal como na escrita alfabética se desprezam as variações que, em dado sinal gráfico, não servem para identificá-lo no interior de sua cadeia de posições ordinalmente diferenciadas), a modulação, por sua vez, evoca os números mais sutis derivados da fusão equívoca de heterogêneos, aprofundando-se nos segredos da correlação entre matéria e ação, construção e formação (num poema impresso, aquelas variações gráficas podem ter efeitos de sentido ressoando sobre todas as outras camadas de significação). Na hesitação entre arbitrário e necessário, nos atritos entre discurso e dicção, na contra*dicção* entre o ato poético e seus entornos, a ação e a matéria se sobredeterminam, pauta e execução se equivocam no próprio ritmo de interrupção e retomada, prolongamento e repetição da escrita e da leitura, da produção e do consumo da obra (cf. OEII, p. 682).

Assim, ler um poema é, ao mesmo tempo, executar um novo ato e retomar um ato anterior, habitar esse limiar entre repetição e prolongamento, nem contínuo, nem discreto, onde os números mais sutis se mostram nem univocamente ligados à ordinalidade do ato que acresce, nem univocamente ligados à cardinalidade da matéria acrescida. Toca-se aqui num nervo da metafísica ocidental, cuja tendência seria afirmar que o espírito só conhece o infinito da multiplicação ordinal de números inteligíveis e que o corpo só conhece o infinito da segmentação cardinal dos números sensíveis. Nos dois casos, não se chegaria jamais a uma mutação de natureza, pois "um corpo, por menor que seja, não se torna um incorporal, e um incorporal, por mais particularizado que esteja, não se torna um corpo. Pois as divisões do corpo são corporais, as diferenciações do incorporal são formais".[13] Para o ato poético valeriano, por sua vez, "ὕλη=νοῦς", o pensamento *consiste* de ser (VI, 193, 232); e assim como as impressões qualitativas já são intrinsecamente correlações de qualidades materiais e sinais conceituais (na esteira do movimento poético simbolista e de Bergson),[14] as grandezas quantitativas já são intrinsecamente correlações de atos e coisas, pontos e ligações, ações e objetos (CHI, 819). Enquanto os números cardinais transfinitos da "fantasmagoria cantoriana" pretendem *atualizar o infinito* numa unidade sintética do conjunto, os números mais sutis de Valéry *infinitizam o ato*, matizam sua acoplagem em diferentes conjuntos heterogêneos materiais e linguísticos equipartidos em totalidades de escalas de medida diversas, que então se modulam em nuances quase-corpóreas e quase-incorpóreas, hesitam entre qualitativo e quantitativo, grandeza cardinal e serialidade ordinal, distribuição de gravidade corporal e somação inquieta do espírito,[15] que se desdobram em números equivocamente sensíveis e inteligíveis.

Contra o rigor puramente quantitativo e estatístico que é promovido com a ascensão das novas técnicas científicas e contra as *coisas qualitativamente vagas* impostas pelas instituições fiduciárias (política, história, filosofia, religião, direito etc.), Valéry persegue um rigor modular, quasi-qualitativo, quasi-quantitativo, prolongado em direção à decimal extrema, os detalhes cada vez mais sutis. Trata-se sempre de hesitar e se equilibrar entre espírito de finesse e espírito de geometria, ser rigoroso com as qualidades e quantidades, tanto no sistema de formas quanto no sistema de forças (OEI, 1349; CHII, 994, 1038).

---

[13] Pierre HADOT, "'Numerus intelligibilis infinite crescit', Augustin, Epistola 3, 2", in: *Divinitas*, 11, 1967, p. 181-191; cf. *idem*, "La notion d'infini chez Saint Augustin", in: *Philosophie*, 26, 1990, p. 59-72.
[14] Cf. Patrice MANIGLIER, *La vie énigmatique des signes*, Paris, Léo Scheer, 2006, p. 267-268, 300-301.
[15] Cf. Benedetta ZACCARELLO, "Principes d'analogie pure et appliquée: notes sur la présence d'une logique analogique dans l'épistemologie et l'ontologie valéryennes", in: *Tangence* (95), p. 40.

O porquê da poiética: uma antropologia valeriana da escrita

Para situar nossa tradução da "Poiética" no quadro de recepção da obra de Valéry no Brasil, destacamos o protagonismo do *fazer* e suas implicações na escrita valeriana, em sua dinâmica interna e editorial, da qual emergiu a reflexão sobre a ideia de modulação. Esta arte das transições e passagens não deixava de ter relações com a tentativa de captar a multiplicidade em devir dos *Cahiers* e, por fim, de ampliar a amplitude e o alcance da "hesitação prolongada" entre diferentes maneiras de ver e seus mundos heterogêneos.

Haveria, ousamos dizer, uma antropologia valeriana da escrita lá onde as questões sobre o limiar ("a transformação das margens em rumor"),[16] a sobredeterminação (posta em ação pela complexa rede de práticas e significados subjacentes a qualquer ato) e as variações (desde as microtransformações às mudanças de escala) ganham relevância. Se a multiplicidade de maneiras de ver e seus mundos derivam do caráter variável e diferencial das correlações e passagens entre voz e pensamento, presença e ausência, ser e convenção, então essas variações atingem não tanto as noções de cultura ou natureza individualmente, mas **os modos de relação entre elas**: como vimos, quanto mais uma coisa é necessária em sua estrutura interna, mais ela desperta a impressão de que poderia ser completamente outra. A multiplicidade surge precisamente na esteira desse *pôr-em-variação*.

Certamente, estamos aí confrontados com uma questão de forma, mas a forma de uma tradução que prolonga suas hesitações na passagem entre linguagens, sistemas, sensações, pensamentos, convenções, em suma, mundos heterogêneos. É contra qualquer forma de adesão fiduciária à suposta adequação de uma representação dada que a escrita valeriana hesita entre diferentes modos de ligar a construção à significação do texto, assim fazendo ressoar essas

---

[16] "Les changements des rives en rumeur", último verso da quinta estrofe de "Le Cimetière Marin". Cf. tradução de Álvaro Faleiros e Roberto Zular ,in: *Feitiços*, São Paulo, Iluminuras, 2021, p. 161.

diferenças, abrindo caminhos por meio de várias camadas que se sobredeterminam umas as outras.

Isso põe em questão o modo de existência do próprio ato de escrever ou, ainda mais, a natureza dos atos em geral. Pois, na esteira da tradição simbolista, Valéry concede realidade às qualidades sensíveis e destaca a existência de nuances, sensações, sutilezas qualitativas, indefiníveis. Esses seres, entretanto, assumem uma vida ainda mais enigmática quando associados a sistemas conceituais como a linguagem, as estruturas formais, os ornamentos, os cálculos, constituindo assim aquele acontecimento transcorrido em torno desse objeto estranho que é chamado de "obra do espírito".

Nesse sentido antropológico, se não ontológico, sem dúvida Valéry foi, entre os escritores europeus, um dos que mais questionaram a forma surpreendente como existiam os objetos no mundo ocidental, especialmente as obras do espírito e, mais especificamente, as obras de arte: esse questionamento está no núcleo dos *Cadernos*. Como muitas coisas nas sociedades industriais e tecnológicas, o objeto artístico se sustenta sobre uma ilusão forjada por séculos de manipulação e controle do imaginário, nos termos de Costa Lima.[17]

Dessa perspectiva, Valéry entrevê a possibilidade de estabelecer hipóteses de funcionamento ou mesmo de pensamento ou ainda de intencionalidades que estão ligadas à forma como a materialidade dos objetos é organizada e questionada.[18] Em que condições lhes atribuímos um status artístico? O segredo, porém, não está no objeto, mas nos atos: "A obra do espírito só existe em ato" (OEI, 1349). Um objeto é o rastro dos conjuntos de ações que se imprimiram sobre ele. No caso da arte ocidental, isso gira principalmente em torno

---

[17] Luiz Costa LIMA, *O controle do imaginário & a afirmação do romance*, São Paulo, Companhia das Letras, 2009.

[18] Como diz Valéry em uma, dentre muitas outras, passagem de seus *Cadernos*: "Uma obra, para mim, não é um ser completo e que se basta, — é um cadáver de animal, uma teia de aranha, uma carcaça ou uma concha abandonada, um casulo. É a fera e o trabalho da fera que me pergunta. Quem fez isso — ? — Não qual Homem, qual nome — — mas qual sistema, nem homem nem nome, por quais modificações de si mesmo, por meio de qual meio ele se separou daquilo que foi por um tempo?" (CHII, 999, V, 88).

da relação entre produção e recepção, entre os sistemas de atos do produtor e do receptor e a variação de seus contextos.

Na estranha vida dos pensamentos nada é mais estranho do que a experiência que os religa aos chamados objetos artísticos, tanto que foi criada uma figura social, a crítica literária, cuja função não é comentar o que a arte mostra, mas apontar seus subentendidos. Essa revelação é uma parte importante do que Valéry chama de produção do valor de uma obra, o fator decisivo na "bolsa de valores" da legitimação literária. A questão acerca do que a literatura representa — se ela representa algo ou se não representa nada além da própria representação — figura um espaço que, apesar de seus antagonismos internos, enquadra a experiência literária em um problema de relação com a realidade, como se esta última fosse algo dado que se revela como sentido oculto do objeto artístico, contido em sua chamada "mensagem". Entretanto, talvez possamos pensar que a "realidade" é tão dada quanto construída, que ela é um sinal tão múltiplo e equívoco quanto a própria literatura. "Cada elemento do real é arqui-múltiplo, ele entra em uma infinidade de outros" (VI, 187). Como mostra Philippe Willemart,[19] trata-se aí do fascínio que a ciência exerceu sobre a imaginação artística de muitos escritores na era da indeterminação.

Assim Valéry se perguntava no terceiro curso de poiética: "O que prova que um objeto foi feito por alguém?". É a "natureza" da literatura que põe em questão a própria noção de "natureza", como se vê na célebre concha, a "matéria de dúvidas" encontrada por Sócrates em *Eupalinos*. Tal objeto desconhecido exige que mudemos não só a posição, mas também a escala de percepção; que ativemos modulações entre grandezas temporais heterogêneas do modo de criação da natureza, do acaso e da arte; que atravessemos tudo o que pode uma pessoa, todas as possibilidades e variações antropológicas evocadas, toda a alteridade espectral que nele se reflete, como diz a

---

[19] Philippe WILLEMART, *L'écriture à l'ère de l'indétermination: Études sur la critique génétique, la psychanalyse et la littérature*, Oxford, Peter Lang, 2019.

antropóloga Evelyn Zea a propósito do Anti-Sócrates valeriano.[20] Na poiética de Valéry, a questão em torno do objeto questiona a própria subjetividade — com seus desejos, intenções e poderes — e termina por colocar em questão a ideia da natureza. Ela se torna assim um grande dilema metafísico finamente apreendido pelo poeta:

> O homem moderno, que rejeitou a metafísica verbal, entra na metafísica em ato.
>
> *Ao lado — para além* etc. da *física* — não é mais o *psíquico* nem a *teodiceia*, nem a *cosmologia* que se coloca. É a *modificação do "mundo"*, e não mais a *explicação*, não mais a *concepção*, não mais a busca do *verdadeiro*, mas a modifi[cação] do *real*.
>
> Tudo subordinado ao fazer (CHII, 1027; 1929. AF1 29, XIII, 783).

Nessa metafísica em ato, a concepção se implica na transformação da qual emerge, a natureza é tão artificial quanto o artifício, natural. Como nos ornamentos, o processo se desdobra num devir que é dado e construído, invenção e convenção. O que lhe dá força são as conexões, os elos entre essas potências heterogêneas: "o problema literário geral é ligar" (CHII, 1021).[21]

Nem natural nem artificial, nem dada nem construída, nem individual nem social, a noção valeriana de ato eleva à enésima potência o estado de ressonâncias e de elos entre essas diferentes ordens de acontecimentos. Por isso, o anjo é "aquele que vê as diversas ordens" (CHII, 1034) lá onde é preciso "jogar simultaneamente em dois tabuleiros", assim como é preciso ser tomado "por duas maneiras de ver com o mesmo olho ou dois atos da mesma mão" (CHII, 1040). Se "a invenção só é possível por causa da pluralidade das funções possíveis de um objeto" (CHII, 1001), logo, inventar, do ponto de

---

[20]   Evelyn Schuler ZEA, "Tradução como iniciação", in: *Cadernos de Tradução*, v. 36, n. 3, 2016, 192-212.

[21]   Mais adiante, Valéry insiste, reforçando a riqueza da multiplicidade de ligações: "O segredo ou a exigência da composição é cada elemento invariante estar unido aos outros por *mais de um* elo, pelo maior número possível de ligações de espécie diferente — e entre outros — a forma e o conteúdo, que são tão elementos *quanto personagens ou temas* — (nessa fase)" (CHII, 1024).

vista crítico da poiética, é perceber a multiplicidade de mundos, compreender que os atos da linguagem são e fazem coisas no mundo.

Mas o que veio primeiro, o construído ou o dado, o verso ou a frase, a galinha ou o ovo? Essa não é uma questão muito relevante em um regime de enunciação onde a causalidade não é predominante: "Aqui, a parte é tão grande quanto o todo, o fim precede o começo, a conclusão se adianta sobre as premissas, a forma engendra a matéria, o silêncio e a ausência engendram seus contrários" (CHII, 1024). Estamos lidando com uma reversão contínua entre forma e fundo, enunciação e enunciado, onde as formas são tão remodeladas quanto os afetos são reconstruídos.

> Compreende-se o que é a *forma* em matéria de arte apenas quando se entende que ela oferece (ou deve oferecer) *tantos* pensamentos quanto o *fundo*; que sua consideração é tão fecunda em ideias quanto a *ideia-mãe* — que ela pode ser, ela mesma... *a ideia-mãe*... (CHII, 1036-1037, XVII, 611).

Curiosamente, para Valéry, a forma não está ligada à artificialidade, ao contrário, "a forma faz a ideia orgânica" (CHII, 991). Do ponto de vista do pensamento, a forma é resistência, mas, do ponto de vista da forma, o pensamento é uma estrutura mais resistente para pensar de maneira diferente...

Ao relacionar a forma com processos naturais, Valéry percebe a dimensão natural da construção e o caráter construtivo da natureza, como se observa na recorrência dos ornamentos, no desenho de flores, na estrutura da concha, nos liames de formas vegetais onde a modulação se impõe como parte divina de todas as artes (CHII, 755).

Os sinais e as coisas começam a trocar de papéis, assim como os fatores formais e significativos. Para Valéry, a invenção, o gênio, reside nessa possibilidade de reversão forma-fundo, na qual contextos convencionais e inventivos entram em hesitação, em co-determinação e intercâmbio mútuo. A criação, como vimos, só é possível porque as coisas, os objetos, os materiais etc. sempre podem estar cumprindo mais de uma função possível.

A ideia de que trabalhamos sempre sobre, ou em, dois gêneros de ordens — mais do que simplesmente na passagem entre cosmo e caos, ordem e desordem — torna a visão do processo de invenção, tanto artística quanto cultural, um estranho atrator de acoplagens, mais do que apenas uma passagem do informe à forma. Mesmo o espírito de finesse, como vimos, só se torna verdadeiramente fino quando está associado a uma construção, ou seja, ao espírito de geometria.

Esses elos sutis entre os mundos heterogêneos do corpo e da linguagem, da matéria e do ato só podem ser apreendidos se escaparmos, como propôs Valéry, da doxa moderna segundo a qual "*espírito e corpo, fundo e forma, sentido e símbolo* são coisas 1º *opostas*, 2º *exclusivas* umas às outras e 3º não *equívocas*" (CHII, 1031). Ao contrário desse grande axioma da modernidade, a oposição não é o aspecto central, mas os elos, as relações, as acoplagens, pois, longe de serem exclusivos, eles agem conjuntamente e de uma maneira fortemente equívoca, atravessados que estão por mais de uma série de sentidos, por mais de uma cadeia de atos, por mais de uma possibilidade de determinação.

Se "é uma *crença*, ou uma convenção inconsciente, a univocidade" (CHII, 1031), é porque a linguagem e o mundo, a forma e o fundo, o dado e o construído hesitam constantemente. As diferentes camadas de determinação são determinadas de maneiras diferentes, e o próprio acaso está em jogo em fricção com o infinito estético.[22] Entre "a hesitação na pluralidade das significações ou dos signos" (CHII, 1031) e a hesitação na pluralidade de objetos e suas funções, o escritor vem "tomar uma posição em um ponto de onde se vê à direita toda a linguagem, à esquerda todas as coisas" (CHII, 989).

Em vez de propor hierarquias inequívocas à maneira dos manifestos modernistas, Valéry aposta em uma heterogeneidade equívoca

---

[22] Sobre a forte relação entre a teoria linguística de Saussure e a poesia simbolista, cf. Patrice MANIGLIER, *op. cit.*, p. 256-276.

generalizada, cuja "matéria de dúvidas" provoca um relançamento permanente da interrogação acerca do agenciamento dos signos como coisas e do agenciamento das coisas como signos. A maestria do artista Valéry pode ser percebida nesse percurso, que começa por suspeitar da univocidade do elo entre autor e "obra", produtor e consumidor, passa pela defasagem entre forma e fundo, e chega à hesitação entre som e sentido, tudo isso para nadar na infinita estranheza dos confins entre os seres, a linguagem e as coisas.[23] "Anjo [*Ange*] = Estranho [*Étrange*], estrange — estrangeiro..." (CHI, 131).

Portanto, são os limiares e a construção das conexões de que são compostos que se tornam a questão principal ao se pensar em uma antropologia valeriana: a construção de um sistema de transições a partir de "potências tão heterogêneas quanto *sound* and *sense* etc." (CHII, 1053) atravessa domínios infinitos para chegar ao núcleo heterogêneo das coisas (onde o próprio mundo não é apenas dado, mas também construído). Trata-se de refinar as diferenças entre o que é concebido como dado ou como construído, entre as diferentes escalas, desde a micro-variação de uma cadência sonora até ritmos sociais, ou mesmo cosmológicos: "cada um é a medida das coisas" (OEI, 1358) e "nós, civilizações, sabemos agora que somos mortais" (OEI, 988): não haveria uma perspectiva antropológica sendo acionada por essas frases?

Esse olhar antropológico na delineação de uma escala — a vida e o modo de vida — nos permite tanto refletir sobre a relação entre diversas escalas quanto ampliar ao infinito o alcance do gesto de escrita: atrelamo-nos a um "texto móvel",[24] com múltiplos níveis, um meio que transforma tudo em *medium*, da física da matéria ao corpo biológico, das formas de pensamento às suas implicações sociais. Nas dimensões mais microscópicas, a escrita se torna o lugar onde

---

[23] Cf. Patrice MANIGLIER, "L'ambassade des signes. Essai sur métaphysique diplomatique", in: *Revue Actes Sémiotiques*, n. 120, 2017. Há ali uma ressonância impressionante com o pensamento de Valéry.

[24] Philippe WILLEMART, *Les mécanismes de la création littéraire: lecture, écriture, génétique et psychanalyse*, Oxford, Peter Lang, 2020.

as alianças "bocorelha" e "quiroftalmo" articulam suas capacidades sensíveis, fazendo da escuta uma invocação; e do olhar, um gesto.[25]

Além disso, essa antropologia valeriana da escrita nos leva a ampliar o campo de seus pressupostos: qual é a relação entre os diferentes meios de inscrição e transmissão da linguagem, seus relais, próteses e acoplagens? Qual é o modo de uso do discurso? Mas qual é o modo de existência dessa linguagem que não está na inscrição em si? Por outro lado, esse ato engaja o corpo, o gesto, as mãos, uma certa duração... Mas qual é o papel do pensamento, da psique? E do cérebro, a biologia em geral? Qual é o regime de verdade dessa escritura e até que ponto ela se assemelha ao regime "dessas palavras mais simples", porém extremamente eficazes da inscrição matemática pura? É possível pensar em uma política do ato poético capaz de suscitar uma reflexão sobre a poética do ato político?[26]

Em todo caso, trata-se de prolongar estados de hesitação entre estados heterogêneos, entre o material e o ideal, o ontológico e o convencional. Tal prolongamento termina por desencadear transformações mútuas nos polos do desejo e da posse, da produção e do consumo da obra, o ato criador a ser sempre retomado, e a criação, sempre inacabada. No curso de Poiética no *Collège de France*, Valéry ressalta a diferença entre *a poïésis das ciências* — com seu processo técnico de transformação da realidade bruta e do material sensorial — e *a poïésis das instituições fiduciárias* (religião, política, direito etc.) — com seu manuseio de ideias sobre o humano ou sobre a realidade. Entre uma e outra, *a poïésis da arte* fabrica *ideais quase materiais* hesitando entre som e sentido, ser e convenção, presença (ouro) e ausência (fidúcia), satisfação e desejo. Assim, o ato poético escapa tanto da obediência reflexa cedida às coerções do objeto técnico quanto da credulidade habitual cedida aos poderes fiduciários; no

---

[25] Cf. Roberto ZULAR, "O ouvido da serpente: algumas considerações a partir de duas estrofes de 'Esboço de uma serpente' de Paul Valéry", in: RIOS, C. e ROSENBAUM, Y., *Interpretações: Crítica Literária e Psicanálise*, Cotia, Ateliê, 2014; Cf. Serge BOURJEA, *Paul Valéry — Le Sujet de L'Écriture*, Paris, L'Harmattan, 1997, p. 121-120; cf. Marcel JUSSE, *L'Anthropologie du geste*, Paris, Gallimard, 2008.

[26] Cf. Fábio Roberto LUCAS, *O poético e o político: últimas palavras de Paul Valéry*. Tese de doutorado (FFLCH/USP, 2018), p. 215-221. Sobre as três poéticas ressaltadas no Curso de Poiética, cf. 164-214.

limiar entre o ato e a matéria, o todo e o detalhe, os meios e os fins, a experiência poética aciona uma dança cujos ritmos fruem de seu status virtual e real, ideal e material, a fim de driblar as injunções discursivas para crer e as esquematizações técnicas do corpo e de seus desejos (NAF 19094, 68; OEI, 1038).

De todas essas questões, é certo que a dobra reflexiva — a tentativa de capturar o próprio ato no momento de sua inscrição, de apreender o pensamento no instante de pensar — era o limite ao qual a escrita dos *Cadernos* tendia.[27] A impossibilidade desse gesto, tão bem ancorado no caráter de M. Teste, transforma a reflexividade em um devir, um contínuo antropológico no qual essa autorreflexão se torna uma acoplagem entre ordens heterogêneas.

A experiência poiética desdobrada na escrita dos *Cadernos* tornou possível realizar em ato esta infinita deriva de acoplagens entre diferentes naturezas, diferentes ordens, diferentes escalas: começando pelo ato de acordar todos os dias e escrever um diário e as infinitas relações (incorpóreas) que esse gesto (corpóreo) produz. Poiética antropológica ou antropologia poiética, tal experiência atravessa necessariamente uma multiplicidade de dimensões e transforma os *Cahiers* de Valéry em uma espécie de caderno de campo da estranha viagem etnográfica à estranheza de si mesmo e da sua própria civilização mortal. Toda prática se desdobra em um meio de práticas, e a que chamamos de poética impõe uma série de relações entre outras práticas que são vivenciadas em diferentes níveis.[28] No âmbito de "trocas mútuas e modificações recíprocas" (CHII, 1024), o estado poético articula capacidades corporais e mundos sensíveis (do corpo como instrumento às diversas artes) com os meios de inscrição (objetivação coletivizante e seus espaços transitórios) e as diversas línguas (com suas formas de articulação interna e de relação com o mundo).

---

[27] Ressoa aqui a interrogação "Mas quem chora / tão próxima de mim mesma no momento de chorar?" do começo de "La Jeune Parque" (OEI, p. 96).

[28] A esse respeito, Benedetta Zaccarello concebeu os cursos do *Collège de France* como uma "poiética de si mesmo", abordando igualmente essa questão da ontologia da obra; cf. "La leçon au Collège de France", *Genesis*, 39, 2014, p. 71-84.

Nesse sentido, a acuidade e exatidão das ideias matemáticas, físicas, biológicas, psicológicas, termodinâmicas, arquitetônicas, plásticas etc. desenvolvidas nos *Cadernos* não são tão decisivas. O que importa é sua poiética antropológica, ou seja, a compreensão de seu lugar e de suas consequências sobre nossas formas de vida: seu modo de existência e os modos de existência que implicam.

Foi a experiência poética que permitiu a Valéry compreender as ilusões da modernidade, ver seus pressupostos metafísicos lá onde ela fingia rejeitar todos eles. No entanto, não há maior discussão metafísica que a do naturalismo. Construímos nossa relação com o que chamamos de matéria; e a própria matéria, sustenta a física, não é tão material quanto se afirma. A materialidade não se reduz a "*tekné*" e se desdobra em uma miríade de práticas ("práxis") onde ela se amalgama ao ato a fim de fazer o "objeto", especialmente aquele considerado como uma "obra do espírito", um agenciamento que implica diferentes capacidades pessoais, corporais e materiais que um número infinito de outros atos — de leitura e releitura — poderá retomar, refazer e renovar.

Assim como o espírito é um modo de articulação entre o corpo e o mundo, o ato articula os corpos (do escritor, do leitor, da "obra"). A obra, por sua vez, não é nem causa nem efeito, mas uma acoplagem de ação e matéria — segredo da modulação, como vimos — cujas hesitações e fricções geram hipóteses sobre como ela foi feita, sobre a natureza daquilo que põe em questão a própria natureza da natureza.

Assim, a poiética concerne as práticas e as formas de vida que elas inventam. Em contato com as linguagens e suas materialidades (palavras, imagens, códigos etc.), o ato partilha com outrem as possibilidades que surgem de sua correlação, do encadeamento dos ritmos do corpo, do espírito e do mundo, a obra mesma não sendo nada a menos que suscite esse estado de transições. Aqui vemos se abrir o lugar do "nem *eu* nem *não eu*" de que Valéry fala (CHII, 1005), o lugar da travessia do scriptor, onde o *fazer* como uma instância política profunda leva em conta o conjunto das relações sociais ali implícitas.

A poética é também esse jogo entre os modos de subjetivação que ela implica ("Um livro mal sucedido pode ser uma obra-prima interior", CHII, 994), entre os objetos que ela faz circular ("Cada obra *bem-sucedida* é um caso particular, um acidente feliz — e que sacrifícios se impõem continuamente tanto ao intelecto quanto à sensibilidade", CHII, 994) e a forma das relações que ela questiona (a esfera pública, a ética da publicação, a recusa), "pois a coisa feita não é mais do que o ato de outro" (CHII, 1022).

Trata-se de uma "transformação que tem a transformação como seu objeto". Um espaço metamórfico, transitório, uma hesitação prolongada entre mundos heterogêneos. A poética é uma bela maneira de entrar na experiência antropológica dos *Cadernos*, essa quase autoetnografia de acoplagens infinitas cruzando esse meio técnico que é a escrita, sobre o limiar entre a experiência interior e exterior: pois há algo de externo a nós, dentro de nós, que a escrita põe em jogo: "O inconsciente, o subliminar não é, no fundo, senão o mundo exterior, o verdadeiramente exterior (o que explica seu ar tolo e misterioso), é o exterior se servindo de minhas máquinas" (CHII, 990). Não se trata tanto do dilema da externalidade, mas sim de que "a mais bela e forte situação interior não tem nenhuma relação necessária com a linguagem" (CHII, 993). De fato, voltamos à reversibilidade transformacional da forma/fundo, interior/exterior, à multiplicidade de maneiras de ver que compõe o olhar, por fim, à complexa e infinita tarefa de traçar topologicamente os limiares, os confins, os espaços entre as fronteiras:

> Todo espetáculo que vejo é como limitado *de um certo lado* por mim; balizado em algo pelo meu ser; interrompido em uma linha que me é fisicamente interior, e essa fronteira varia como aquela do mar, entre limites. E todo espetáculo que vejo é como provido, bordeado, acabado, completado por mim em atos hipotéticos, linhas traçadas, contatos estabelecidos, saltos e

pulos de mim mesmo entre aquelas coisas; eu estou no fundo desse abismo e sobre esse cume, sobre a crista da onda, eu perco o pé, sou amigo, irmão desse desconhecido — eu sou ele — [...] (1912. *I' 12*, 19260, 4).

Nesta forma viva de pensamento, o território antropológico do gênio não é senão aquela zona imensurável e indiscernível, habitada sem qualquer garantia, à beira de seus limites. Escritor é quem suscita novas formas — mais refinadas e sutis — de conexão entre os diferentes mundos e as diferenças entre os mundos. Valéry parece ter percebido cedo que, para ter um sistema de diferenças (como a linguagem, uma lógica de relações), deve haver também diferença entre sistemas, aqueles confins que só podem ser alcançados levando os ecos e ressonâncias da poética e da poesia até as margens da ciência, da pintura, da música, do ornamento, do pensamento, do afeto, da psicologia...).[29] Pois "a poesia — e digamos: o pensamento — só é possível porque uma representação qualquer jamais pertence a um único e mesmo sistema" (CHII, 990).

Ao permanecer nessa fissura de mundos através dos quais as práticas e artes do *fazer* se cruzam, Valéry aponta para um vasto processo filogenético de inadaptação ao meio-ambiente (contra toda a vulga darwiniana) e para o papel central da morte como uma "escultura dos viventes":[30]

> É a não adaptação exata do animal ao seu meio, o "jogo" desocupado — que já aparece no desperdício dos germes, a *morte indispensável à vida* (de início, daqueles 99.../10... de germes (espermat[ozóides]) que mostra bem o desvio — a fissura da máquina da vida pela qual o *Espírito* poderá deslizar — a brecha para a arriscada aventura do conhecimento e da *criação de obras*) (CHII, 1049).

É no contrapeso do mundo que os mundos se compõem de hesitações prolongadas, é na fissura entre o corpo e o mundo que o

---

[29]   cf. Roberto ZULAR, *No limite do país fértil — Os escritos de Paul Valéry entre 1894 e 1896,* op. cit.

[30]   Cf. Jean-Claude AMEISEN, *La Sculpture du vivant: le suicide cellulaire et la mort créatrice*, Paris, Seuil, 2003.

espírito — a face incorpórea do ato — se realiza, ou melhor, desliza. Finalmente, a poiética como uma forma de vida que emerge da experiência dessa antropologia valeriana da escrita, tão bem agenciada na antropologia da escrita dos próprios *Cadernos* de Valéry.

Onde ficamos...

É, portanto, em torno desses eixos que traduzimos reeditando (e editamos retraduzindo) a seção "Poiética" dos *Cahiers*. O leitor poderá mergulhar nos fluxos de experimentações heterogêneas, encontrar certas transições entre práticas e saberes no interior de uma passagem específica, ou retomar algumas das passagens mais breves e sintéticas.. Em todo caso, nosso objetivo foi tentar evidenciar na leitura algo disso que levava Valéry a essa antropologia da escrita dos *Cadernos*, com todas as suas modulações de si mesmo, como se as mil e uma manhãs de Valéry pudessem agora se prolongar na experiência interpretativa do leitor.

Última observação: se a seleção de textos e sua edição já fazem parte do processo de transição tradutória entre os caminhos da escrita privada, as interações com as línguas vernaculares e as demandas editoriais que os tornam públicos, então devemos admitir que nossa seleção de textos e todo a configuração do livro que o leitor tem em mãos enfrentou certos dilemas geralmente atribuídos ao trabalho de tradução de um texto. Ora, não existe tradução definitiva. Como ocorre a qualquer livro traduzido, as contingências e limitações de nossa época delimitarão nossa edição, o futuro precisará de outras. Será necessário talvez voltar aos cadernos originais, à edição Pléiade e a todos os outros formatos, não só para traduzir o texto novamente, mas também para reeditar e retraduzir todos os percursos dessa passagem entre as zonas mais endógenas e as mais demóticas da escrita valeriana. O inacabamento espreita...

A *Iluminuras* dedica suas publicações à memória de sua sócia Beatriz Costa [1957-2020] e a seu pai Alcides Jorge Costa [1925-2016].

**CADASTRO
ILUMI/URAS**

Para receber informações sobre nossos lançamentos e promoções, envie e-mail para:

cadastro@iluminuras.com.br

A *Iluminuras* dedica suas publicações à memória de sua sócia Beatriz Costa [1957-2020] e a de seu pai Alcides Jorge Costa [1925-2016].